U0132446

趣味學古文

元明清

馬星原 圖　方舒眉 文

商務印書館

趣味學古文（元明清）

作　　者：馬星原　方舒眉

漫畫設色：袁佳俊

責任編輯：鄒淑樺

封面設計：丁　意

出　　版：商務印書館 (香港) 有限公司

　　　　　香港筲箕灣耀興道 3 號東匯廣場 8 樓

　　　　　hppt://www.commercialpress.com.hk

發　　行：香港聯合書刊物流有限公司

　　　　　香港新界大埔汀麗路 36 號中華商務印刷大廈 3 字樓

印　　刷：中華商務彩色印刷有限公司

　　　　　香港新界大埔汀麗路 36 號中華商務印刷大廈 14 字樓

版　　次：2020 年 7 月第 1 版第 2 次印刷

目　錄

〈序〉

泛舟浩瀚書海　承傳古文之美

　　導讀之書，不求鞭辟入裏之理論闡發，不務廣大精微之學問追求。旨在以能如嚮導，透過交通工具，帶引有志於旅遊學問名勝之愛讀書人，登山臨水，尋幽探勝；漫步書山大路，泛舟浩瀚書海，無跋涉長途之苦，而有賞覽風光美景之樂。

　　馬星原與方舒眉伉儷合作編著之《趣味學古文‧元明清》，所選之文章皆元明清詞曲散文名篇；書中導讀文字，着重深入淺出，寓文意於鮮明有趣插圖中，內容有如文章嚮導，引領讀者悠然徜徉其中，而自得其樂。

　　馬方伉儷在推廣中國歷史與文學知識方面，一向致力於「文字與插圖並重」方式，引導愛讀書年青人，寓讀書於娛樂，啟發年青人喜愛中國歷史與文學，進而作更深入追求，情誠用心，不懈努力，精神可嘉，故樂為之序。

葉玉樹　謹誌

前聖方濟中學中文科老師及訓導主任

二零一七年三月八日清晨

我國文學瑰麗無比　古人智慧趣味傳承

在我的求學年代，小學已須讀古文。那時我和我的「同學仔」分成兩派，一派是怨聲載道，一派甘之如飴。而我屬於後者。

小時候不大懂得古文中的甚麼微言大義，只覺得古文音韻鏗鏘，用詞典雅，背起來也不覺困難。「怨聲載道」的一派當然不認同，只覺得古文讀來詰屈聱牙，用字又冷僻艱深，對其中文義不知所云！

中學時有幸遇上一位好老師，他就是今次為我寫序，廣受同學愛戴的葉玉樹老師。

葉老師教古文時，除了詳細解釋本文之外，更有很多典故趣事穿插其中，教書時又七情上面，手之舞之，足之蹈之，聽他講課，實在興味盎然。

到了大學時，因唸新聞系緣故，必須常常執筆寫文章，方知道多讀古文的好處，領悟到：若覺得古文枯燥，應不是古文本身，而是教的方法未能靈活變通引導。

有感於時下年青一代多視讀古文為畏途，故此嘗試以漫畫加導讀形式，讓學子可藉看圖知文意輕鬆學習。

環顧世界，並非每個國家，每個民族都有「古文」可供學習，身為中國人，慶幸傳承下來的文學瑰麗多姿，而古人智慧蘊藉宏富，大有勝於今人者，不好好學習，是莫大的損失。以古文導讀拋磚引玉，望能引起年青人讀古文興趣，盼識者不吝指正。

方舒眉

1

邁陂塘

元好問

元好問（公元 1190-1257 年），號遺山，山西秀容（今山西忻州）人，世稱遺山先生，金、元之際著名文學家。

《邁陂塘》又名《摸魚兒》，《邁陂塘》是元好問膾炙人口的代表作，詞作並非普通詠雁，實是歌頌愛情之作。開首的「問世間，情是何物？直教生死相許。」是千古流傳的不朽名句。

公元 1205 年，當時詞人只有十六歲，他與友人結伴往并州赴試，途中遇到捕雁者說剛捕殺一隻大雁，另一雁侶，雖脫網但悲鳴不去，最後撞地而死。元好問聽後十分感動，買下雙雁葬江邊，並築起疊石為墳墓，命名「雁丘」。作者被殉情大雁所顯現的愛情力量震撼寫下《雁丘辭》。多年之後，因感少作未諧音律，故重新修改，寫下《邁陂塘》。

全詞句句入情，字字着意。起首「問世間、情是何物？直教生死相許」，聲調鏗鏘、直入扣問、感情強烈。「歡樂趣，離別苦，」再嘆世間多癡情兒女。「君應有語，渺萬里層雲，千山暮雪，隻影向誰去？」是代入殉情大雁的心境，向世人提問，伴侶已逝，此後孤身隻影，又可以往哪裏去呢？！

乙丑歲赴試并州，道逢捕雁者云，今旦獲一雁，殺之矣。其脫網者悲鳴不能去，竟自投於地而死。予因買得之，葬之汾水之上，累石為識，號曰「雁丘」。時同行者多為賦詩，予亦有雁丘辭，舊所作無宮商，今改定之。

乙丑歲（金朝泰和五年，即公元 1205 年），去并州（今山西太原）考試，遇到一捕雁獵人……

今日捕殺了一隻雁，走脫的另一雁卻悲鳴不肯離去……

最後撞地而死！

於是我把雙雁買下來，葬在汾水邊上，疊石作記號，名為「雁丘」。

同行友人多賦詩以誌，我亦作了「雁丘辭」。舊作不諧音律，現再次修改定稿。

問世間，情是何物？直教生死相許。天南地北雙飛客，老翅幾回寒暑。

邁陂塘

叩問世間，愛情到底是甚麼，竟然值得生死相隨？

天南地北比翼雙飛，一起不知度過了多少個寒暑。

邁陂塘

歡樂趣，離別苦，就
中更有癡兒女。君應
有語，渺萬里層雲，
千山暮雪，隻影向誰
去？

有過歡樂，離別更苦，
當中更有殉情的癡兒女。

雁兒若你能言，會說那
飄渺的萬里層雲，茫茫
的千山暮雪，我孤零零
的又有何去處？

横汾路，寂寞當年簫
鼓，荒煙依舊平楚。
招魂楚些何嗟及，山
鬼暗啼風雨。

汾水河邊，已無當年簫鼓喧天之盛
況，只有漠漠荒煙依舊繚繞平林。

招魂辭章已喚不回雁侶，只喚
來一片淒風苦雨，如山中女神
暗暗啼哭。

邁陂塘

天也妒，未信與，鶯
兒燕子俱黃土。千秋
萬古，為留待騷人，
狂歌痛飲，來訪雁丘
處。

雁侶的癡情竟遭天
妒，牠們不會如鶯兒
燕子默默化作塵土。

千秋萬世，雁侶的事跡當
傳詩人墨客，狂歌痛飲，
到來雁丘憑弔。

「舊所作無宮商，今改定之。」

　　宮商：古人詞曲歌賦的樂調，共有宮、商、角、徵、羽五個音級。五個音級都可以分別獨立作為第一音級，古人通常以「宮」作為音階的第一級音。音級不同，調式就不同，也就有了不同的音色，產生不同的音樂效果。

　　可惜作者與其友人所賦「雁丘辭」已不可考，此序言中交待了作者因少年所作未諧音律，後又重新改定，可見作者對詞賦音律嚴謹的研究態度，對這首詞作的珍視。

2
四 塊 玉 閒 適

關漢卿

　　關漢卿，生平事跡資料所存甚少，約生於元太宗時代（公元 1229-
1241 年），卒於元成宗大德年間（公元 1297-1307 年）。元代鍾嗣成《錄
鬼簿》有簡略介紹：「關漢卿，大都人，太醫院尹，號己齋叟。」

　　關漢卿一生主要從事戲劇創作活動，與馬致遠、白樸、鄭光祖合
稱為「元曲四大家」。後世稱關漢卿為「曲聖」，他的劇作被譯為英文、
法文、德文、日文等，在世界各地廣泛傳播，外國人稱他為「東方的
莎士比亞」。

　　關漢卿的《四塊玉・閒適》是一組小令，共四首，不少讀者更喜
歡選讀壓軸的第四首，但全部讀來更覺完整、佳妙。

　　這四首小令，展示閒適生活是其表象，深層是為了表達看破世態
炎涼，退出那紅塵風波，遠離那名利官場。元代的知識分子因受異族
統治及地位低下，故常有避世思想，正如小令壓軸那幾句：「賢的是
他，愚的是我，爭甚麼？」

四塊玉 閒適

（其一）
適意行，安心坐，渴
時飲飢時餐醉時歌，
困來時就向莎茵臥。
日月長，天地闊，閒
快活！

隨心所欲地走，心安
理得而生。

渴了就飲，餓了就吃，醉
了就引吭高歌。

睏倦了就向草地一臥。日月長久，天高
地闊，閒適日子快活過。

（其二）

舊酒投，新醅潑，老瓦盆邊笑呵呵，共山僧野叟閒吟和。他出一對雞，我出一個鵝，閒快活！

老酒再釀，新酒也張羅。

大家圍着老瓦盆笑呵呵，和山僧老鄉吟詩唱和。他出一對雞，我出一個鵝，閒適日子快活過！

四塊玉 閒適

（其三）
意馬收，心猿鎖，跳
出紅塵惡風波，槐陰
午夢誰驚破？離了利
名場，鑽入安樂窩，
閒快活！

意馬收韁心猿鎖，
跳出那人心險惡
的紅塵風波。南
柯午夢誰人驚醒
過？

鑽入自己經營的
安樂窩，閒適日
子快活過。

四塊玉 閒適

（其四）

南畝耕，東山臥。世
態人情經歷多。閒將
往事思量過，賢的是
他，愚的是我，爭甚
麼？

南邊耕種東山臥，因
對世態人情，經歷已
夠多。閒時把往事
一一思量過。

賢明的人是他，愚笨的人是我，
有啥好爭啊？！

「南畝耕，東山臥。」

　　南畝耕：借用《詩・小雅・甫田》：「今適南畝，或耕或籽。」實際是引陶淵明歸隱田園的典故：「開荒南野際，守拙歸園田。」(《歸園田居》)。

　　東山臥：據《晉書・謝安傳》記載，晉代謝安曾隱居會稽東山 (今浙江上虞西南)，優游林下，後經朝廷屢次徵聘，方從東山復出，成為東晉重臣。因此後人引以「東山」為典，借指隱居山中。例如王維《戲贈張五弟諲》：「吾弟東山時，心尚一何遠。」，「東山」一詞以名詞作動詞，借代為隱居。

　　本曲用此兩句作開篇，寫隱歸後的田園生活，流露自我慰藉的消極思想主調，寄寓關漢卿內心對現實的不滿。

3

沉醉東風 漁父詞

白樸

　　白樸（公元 1226-1306 年以後），出身於官宦之家，「元曲四大家」之一。白樸善於詞曲，以清麗見長，大抵寫嘆世、詠景和閨怨，常寄故國之思，感慨甚深，著有雜劇《唐明皇秋夜梧桐雨》、《斐少俊牆頭馬上》等十六種及詞集《天籟集》，散曲今存小令三十七首、套數四支，風格高華婉麗。

　　《漁父詞》語言清麗，音韻和諧，意境開闊，屬元曲精品。本曲顧名思義，是吟詠漁夫生活的歌詞，表面是在寫漁父生活環境的清幽、心情的閒逸和精神的富足，其實是在歌詠隱者拋棄名利、與世無爭的高尚品格。

　　作者通過漁父的形象描繪，表現自己的思想。曲中漁父之隱，其實是遺民之隱，是一種無聲的政治抗議、不合作態度。在蒙古鐵騎統治下，知識分子備受壓抑，濟世無門，因而胸中塊壘未消，矛盾鬱悶。漁父那種對自由隱逸生活的追求、對淡泊寧靜的嚮往的高潔情懷，隱藏着極為深沉的鬱憤不平。

黃蘆岸白蘋渡口。綠楊堤紅蓼灘頭。雖無刎頸交，卻有忘機友。點秋江白鷺沙鷗。傲煞人間萬戶侯，不識字煙波釣叟。

渡口上，滿眼枯黃的蘆葦和白色的四葉草。堤岸灘頭有綠楊和紅色的蓼花。

雖無同生共死的弟兄，卻有全無機心的朋友。

點點秋江，有白鷺河鷗。鄙視那將相王侯的，是那目不識丁的江上釣叟。

「傲煞人間萬戶侯，不識字煙波釣叟。」

　　古代貴族的封邑以戶口計算。漢代「萬戶侯」代表侯爵最高的一層特殊階層，分封諸侯食邑萬戶，不僅擁有很高的社會地位，而且掌握大量財富和一定的權力。後來為世代沿襲的官職，如元代有達魯花赤、萬戶、副萬戶等官。這裏泛指達官貴人。

4
天淨沙 秋思

馬致遠

　　馬致遠，「元曲四大家」之一，其作文詞清新，典雅雋永，在戲曲史上地位極高。

　　《天淨沙》是曲牌名，本曲選自《全元散曲》，此首《秋思》是馬致遠最著名的代表作，流傳千古，元代周德清評此曲為「秋思之祖」。此曲重點在景物的感情色彩，首兩句用「枯藤」、「老樹」來凸顯遊子在一片深秋蕭瑟荒涼的黃昏景象，看到烏鴉黃昏歸巢，才寫到小橋流水人家，作者把眼前景和意中景融合在一起，構成句子間意象的深層聯繫：昏鴉尚有老樹可棲，遊子卻不知何時歸家。

　　後三句在西風古道上，夕陽西下，刻畫了一個騎着瘦馬踽踽獨行的天涯遊子的形象，仿如剪影，展示了古往今來無數行人所走過的漫漫長道，瘦馬則烘托出遊子飄零憔悴的身影。作者在這首小令中勾勒出的鮮明畫面可以給我們啟發：人的一生其實是不斷地在尋尋覓覓各自的精神歸宿。

枯藤老樹昏鴉，小橋
流水人家，古道西風
瘦馬。夕陽西下，斷
腸人在天涯！

枯藤纏繞的老樹，樹枝上棲息着一隻黃昏歸巢的老鴉。

小橋下流水潺潺，橋邊有幾戶人家。

古道上，西風蕭瑟，遊子騎着一匹瘦馬。

夕陽西下，傷心的旅人漂泊在天涯。

「枯藤老樹昏鴉，小橋流水人家，古道西風瘦馬。」

　　傷春悲秋，古代文人多帶這樣一種頹廢色彩的情結，喜愛用秋天的意象，表達傷感的情懷。古人用秋天的意象，多為表達三類情感：一、悲歎英雄遲暮，人生苦短；二、豪邁奔放、開朗豁達的喜悦；三、遊子思歸、離別之苦。這首小令的感情色彩則屬於第三者。

　　枯樹、老鴉、落日、晚霞、孤村、人家，作者描繪了這樣一組淒涼孤寂的秋天景象，強調了天涯遊子淒涼孤寂之感，卻沒有説出一個「秋」字。情景交融，是這首代表作的過人之處。

5
山 坡 羊 潼 關 懷 古

張養浩

　　張養浩（公元 1270-1329 年），山東濟南人，元代著名散曲家，自幼行義好學，博學經史，尤擅散曲，元代「散曲三大家」之一。

　　元代異族入主中原，重武輕文，拓疆戰爭連年，人民生活困苦。元文宗天曆二年（公元 1329 年），關中旱災，朝廷下詔張養浩入關賑災。張養浩所經之處，流民滿途，百姓淒苦，沿途憑弔秦漢古跡，感慨無限，遂以《山坡羊》曲調寫一系列懷古作品，有《潼關懷古》、《驪山懷古》、《洛陽懷古》、《未央懷古》、《咸陽懷古》等九首，皆為融合寫景、抒情、議論為一爐的不朽名作。

　　此篇「潼關懷古」雖寥寥數十字，但景物刻畫，氣勢磅礡，穿越古今，由景入情，字字千鈞，渾然天成。文首寫潼關形勢，再扣入秦漢時空，充滿對歷史盛衰變化的無奈慨嘆！而所有鋪排，全是為了末句「興，百姓苦；亡，百姓苦」，可謂弔古傷今，寫出歷史興亡，小民皆苦的真理。

山坡羊 潼關懷古

峰巒如聚，波濤如
怒，山河表裏潼關
路。望西都，意躊躇。

山峰重重疊疊，
波濤洶湧怒吼。

山河雄偉，潼關外有黃河，
內有華山，地勢險惡。遙望
長安，百感交集。

山坡羊 潼關懷古

傷心秦漢經行處，宮闕萬間都做了土。興，百姓苦；亡，百姓苦。

經過秦漢宮殿遺址，萬間宮闕都化作塵土。

皇朝興盛，百姓受苦。

一朝滅亡，百姓也是受苦。

22

「峰巒如聚，波濤如怒，山河表裏潼關路。」

　　峰巒如聚：形容山峰重疊聚集。

　　波濤如怒：形容波濤洶湧如怒吼般。

　　山河表裏：引典出自《左傳‧僖公二十八年》：「若其不捷，表裏山河，必無害也。」杜預注：「晉國外河而內山。」形容這一帶裏裏外外地勢險要。

　　這一句，作者以動寫靜，刻畫出潼關西依華山諸峰，山重險峻、水急湍流。潼關自古以來是兵家必爭之地，涉及長安城的安危，關乎戰事成敗。作者文筆精煉、以景動人，重現昔日歷史情景，只可惜歷史無情、物是人非，徒生感慨。

6
賣花聲 懷古

張可久

　　張可久（約公元 1270-1348 年），擅詩文，尤擅散曲小令，今傳小令八百五十五首，套曲九首，數量為元人散曲之冠。其歌詠作品雅正典麗，講究格律，明清兩代曲評家對張可久評價很高，明代朱權以「清而且麗，華而不豔」八字概括其藝術特徵，成為定評；其他如李開先讚美其曲作為「詞中仙才」，清代焦循稱他與關漢卿、喬吉、馬致遠同為「一代鉅手」。又與張養浩、喬吉合稱「元代散曲三大家」。

　　元代異族入主中原，統治期間皇帝九換，政治不甚穩定，又加上連年征伐，人民生活苦困，且實施種族歧視政策，壓抑漢人，重武輕文。因此一般讀書人在現實社會上多不得志，經常以文學為精神寄託。《賣花聲‧懷古》是一首懷古的作品。作者感慨歷史、憂國憂民，以「傷心」二字作結，寄寓對生活在水深火熱中的普羅百姓的無限同情；面對不斷重演的歷史悲劇，而自己作為讀書人只能深感無奈，婉轉地表達對當前社會政治的不滿。

阿房舞殿翻羅袖，金
谷名園起玉樓，

阿房宮內，秦皇
舞姬袖翻飛。

金谷名園，晉朝
石崇之樓起。

賣花聲 懷古

隋堤古柳纜龍舟。不
堪回首，東風還又，
野花開暮春時候。

隋堤古柳，煬帝
龍船下江都。

往事不堪回首，東風乍
起，又到暮春野花開。

賣花聲 懷古

美人自刎烏江岸，戰
火曾燒赤壁山，

美人虞姬，揮劍
自刎烏江岸。

赤壁灘頭，戰火焚
燒萬艘船。

賣花聲 懷古

將軍空老玉門關。傷心秦漢，生民塗炭，讀書人一聲長嘆。

玉門關外，班超老將思歸漢。

傷心秦漢功業，生靈塗炭，讀書人只能一聲長嘆。

「美人自刎烏江岸，戰火曾燒赤壁山，將軍空老玉門關。」

　　張可久喜寫懷古詠史的作品，先述史事，後抒感慨。這一句就一口氣寫下三件歷史大事：

　　「美人自刎烏江岸」據《史記・項羽本紀》載，楚漢相爭，西楚霸王項羽戰敗，被劉邦圍困，後突圍至烏江邊。烏江亭長勸項羽重返江東，再爭天下，而項羽卻恥於戰敗，與美人虞姬先後自刎，殉國殉情，境況極為淒厲。

　　「戰火曾燒赤壁山」據《三國志》載，吳蜀聯軍與曹操十萬大軍戰於赤壁，周瑜使計火燒曹操戰船，以少勝多、以弱勝強，是三國時期最著名的三大戰役之一，即家喻戶曉的「火燒赤壁」。

　　「將軍空老玉門關」據《後漢書・班超傳》載，東漢明帝時，班超奉命定西域，長駐西域達三十一年，因年老思歸上書朝廷「但願生入玉門關」，又得妹班昭上書說情感動明帝，於是得功成身退。

7
水仙子 尋梅

喬 吉

喬吉（約公元 1280-1345 年），元代著名劇曲家，擅於散曲創作，與張可久有「曲中雙璧」之譽，與張可久、張養浩合稱「元代散曲三大家」。

元代社會，重武輕文，一般文人仕途無望，唯有潛隱逸居，偶寫詞曲，抒發情懷。喬吉既愛詩酒，又喜江湖煙霞，因此對西湖尤為眷戀。本篇《水仙子》曲牌下小題注明「尋梅」，其實就是寫作者探尋西湖孤山的梅花。

為了尋梅，作者幾番尋覓直到西湖的孤山，據聞是宋代隱士林逋（和靖）隱居種梅的地方。梅樹林立，可是作者從樹頭尋到樹底，花影不見，惆悵不已。忽地「冷風來何處香？」終於「忽相逢」，尋得那淡白粉紅，仿如仙女衣裳的淡美梅花！最後「淡月昏黃」句，刻畫昏黃淡月下，梅枝橫斜，傲雪凌霜的清幽孤高，也是側寫作者的情懷。

水仙子 尋梅

冬前冬後幾村莊，溪
北溪南兩履霜。樹頭
樹底孤山上。冷風來
何處香？

立冬前後，跑遍了
幾條村莊，踏過溪
南溪北，鞋子都沾
了霜。

走上孤山，梅
樹叢中上下尋
覓，忽地一陣
冷風吹來，
帶着一股幽
香……

水仙子 尋梅

忽相逢縞袂綃裳。酒
醒寒驚夢，笛淒春斷
腸。淡月昏黃。

忽相逢，梅花
有如白衣仙
子……

春寒料峭，從醉夢中
醒來，盡是傷春斷腸
之聲。昏黃月色淡淡
的照着梅枝疏影橫
斜，暗香浮動。

「酒醒寒驚夢，笛淒春斷腸。淡月昏黃。」

　　導讀中已提到，元代社會重武輕文，文人喜寫詞曲抒發情懷，尤愛援古證今。此曲最後兩句三處用典：

　　一、「酒醒寒驚夢」典出《苕溪漁隱叢話後集（卷三十）・龍城錄》：「隋開皇中，趙師雄遷羅浮。一日，天寒日暮，於松竹林間見美人，淡妝素服出遊，時已昏黑，殘雪未消，月色微明，師雄與語，言極清麗，芳香襲人，因與之叩酒家共飲；少頃，一綠衣童來歌舞，師雄醉寢，但覺風寒襲人；久之，東方已白，起視，乃在梅花樹下，上有翠羽，啾嘈相顧，月落參橫，但惆悵而已。」引趙師雄醉憩梅花樹下；

　　二、「笛淒春斷腸」典出姜夔《暗香》：「舊時月色，算幾番照我，梅邊吹笛？喚起玉人，不管清寒與攀摘。」引姜夔梅邊獨奏笛曲思故人；

　　三、「淡月昏黃」典出林逋《山園小梅》：「疏影橫斜水清淺，暗香浮動月黃昏。」借林逋刻畫梅枝斜影、梅花傲雪的清幽景象表達作者曠世情懷。

8
臨江仙

楊　慎

　　楊慎（公元 1488-1559 年），四川新都縣人，正德六年狀元，官至翰林院修撰。

　　嘉靖三年，楊慎被貶雲南，在此謫居三十八年，晚年撰寫《廿一史彈詞》，《臨江仙》是第三段《說秦漢》的開場詞。有趣的是，《臨江仙》竟會穿越過去，成為百多年前羅貫中《三國演義》的開篇詞！

　　原來，是清初文學批評家毛綸、毛宗崗父子的「移花接木」。他父子倆在評訂羅貫中的《三國演義》時，覺得楊慎這首詞立論高遠，氣勢恢宏，對《三國演義》的評說起到畫龍點睛的作用，於是放在卷首作為開篇詞。於是，楊慎的《臨江仙》在他死後一百多年，因成為羅貫中《三國演義》開篇詞而又一次傳揚天下。

　　《臨江仙》上片寫逝水無情、「浪花淘盡英雄」，成敗都成了歷史，逃不過一去不返的無情規律。下片寫淡泊功名、潛隱江湖的白髮漁樵把酒談天，「古今多少事，都付笑談中」。

　　只有秋月、春風、青山、夕陽才是永恆。

滾滾長江東逝水，浪花淘盡英雄。是非成敗轉頭空。青山依舊在，幾度夕陽紅。

滾滾長江，東流逝水不會回頭，幾許英雄人物就消失在浪花激蕩的千秋歷史之中。

是非成敗，轉頭都成空，只有青山依舊，歲月流轉，日升月落，夕陽還是那樣豔紅。

臨江仙

白髮漁樵江渚上，慣看秋月春風。一壺濁酒喜相逢。古今多少事，都付笑談中。

沙洲上的白髮漁翁，看慣這四時變換的秋月春風。

一壺濁酒，與朋友喜相逢。古今很多事，都付笑談中。

「白髮漁樵江渚上，慣看秋月春風。」

　　看：按平仄韻調規律，此曲中應讀平聲。

　　宋元詞曲一脈相承，多注重平仄韻調。《臨江仙》上下兩片各押三韻：上片押雄（陽平）、空（陰平）、紅（陽平）字；下片押風（陰平）、逢（陽平）、中（陰平）字。陰陽相間、抑揚頓挫、韻味悠然，可感受到作者在用字押韻上別有心思。

9
解珮令

朱彝尊

朱彝尊（公元 1629-1709 年），浙江秀水（今浙江嘉興）人，清代著名經學家、文學家，博通經史，擅長詩詞，與王士禛並稱「南朱北王」。

朱氏書香世代，幼稱神童，從小才思敏捷，出口成章，讀書過目不忘。早歲與明末抗清志士聯繫頗密，有反清復明之心，故未在意於仕途，中年後才考入博學鴻詞科，授翰林院檢討，參與編修《明史》，未幾被彈劾，罷官兩年後雖復官，但翌年又再度被罷官。

《解珮令》是朱彝尊《江湖載酒集》中的一首詞。詞的上片回顧自己早年結交明末豪傑，感嘆身世飄零，因而藉填詞寄愁傳恨。下片闡述自己的詞學見解，主張取法南宋末年詞人張玉田抒寫家國之情、寄託興亡之恨。結語「料封侯、白頭無分」是驀然回首人漸老去，自知立功無望，倍感悲涼沉鬱，亦復無奈。

十年磨劍，五陵結客，把平生、涕淚都飄盡。老去填詞，一半是、空中傳恨。幾曾圍、燕釵蟬鬢？

十年磨劍，交結豪傑之士，把平生的涕淚都流盡了。

老去填詞，一半是空幻之語，何曾有燕釵蟬鬢的美人圍繞？

不師秦七，不師黃
九，倚新聲、玉田差
近。落拓江湖，且分
付、歌筵紅粉。料封
侯、白頭無分！

我不學秦少游，不
學黃庭堅，以新調
填詞，若要與前賢
比較，自覺應較接
近張玉田風格。

落魄江湖，且吩咐
筵席上紅粉歌女唱
歌侍酒。人已漸老，
已料得晉爵封侯這
回事與我無關！

「不師秦七，不師黃九，倚新聲、玉田差近。」

　　秦七：北宋著名詞人秦觀，字少游，兄弟中排行第七。婉約派詞代表。

　　黃九：北宋著名詩人黃庭堅，字魯直，兄弟中排行第九，能詞善書。

　　玉田，即南宋詞人張炎，號玉田。

　　作者朱彝尊是清代浙西詞派的創始人。詞派還有李良年、李符、龔翔麟等其他作家，因成員作家都是浙江人，故詞派命名為「浙西」。

　　「不學秦觀婉約綺豔的詞作，也不仿效黃庭堅愛用典故、俗語、僻字的奇特詞風；如果要與前賢比較，自認為南宋張炎較為接近。」這三句措辭坦率，精闢凝練，較仔細地概括表達了詞派主張醇雅、「清空」的詞作風格。然浙西詞派尤其尊崇南宋詞人姜夔和張炎的詞派格律。而作者認為張炎為南宋貴族後裔，書香門第，可惜生不逢時，家道中落後貧難自給，改朝換代後更淪為南宋遺民，人生際遇悲涼辛酸，與自身境遇更相似。

10

餘 韻

（《桃花扇續四十齣【秣陵秋】》）

孔尚任

孔尚任（公元 1648-1718 年），山東曲阜人，孔子六十四代孫，清代著名詩人、戲曲作家。

康熙二十二年（公元 1683 年）康熙帝到曲阜祭孔，孔尚任被召為御前講經人員，後破格升為國子監博士；兩年後奉命到淮陽協助治水，四年間成詩六百三十餘首，編為《湖海集》。回京後，續任國子監博士、戶部主事等官，因足跡遍地，也結識不少明朝遺老，為後來編寫《桃花扇》積累了素材。康熙三十八年（公元 1699 年），經三易其稿，完成《桃花扇》，一時洛陽紙貴。

《桃花扇》是通過明末復社文人侯方域與秦淮名妓李香君相戀離合故事，以反映南明一代興亡的歷史劇。本篇所節選劇中的曲詞，結構句式亦如七言排律，除舞台演出之外，作案頭賞讀或諷誦，極具聲情之美。

孔尚任借劇中人物之口，以凝練的詩歌文體總結和感嘆南明滅亡的哀史。曲詞凡引述古代史事，幾乎全是影射南明史事。

此篇第一段起處先言南京往昔恨史，其中敍事有序，或言權奸惡行，或言君臣昏庸，俱照應主題，最後以「君王秋波淚數行」作結，餘音裊裊，令人神傷。

陳隋煙月恨茫茫，
井帶胭脂土帶香。
駘蕩柳綿沾客鬢，
叮嚀鶯舌惱人腸。
中興朝市繁華續，
遺孽兒孫氣焰張。
只勸樓台追逐主，
不愁弓矢下殘唐。

陳朝隋朝如過眼雲煙
只餘恨茫茫，陳後主
留下的胭脂井，土中
尚有脂粉香。

春色舒放，柳絮飛棉沾着
鬢髮，叮嚀鶯語徒惹情傷。
南明王朝再度繁華，遺臣
奸黨氣焰又再囂張。

慫恿朝廷大建樓台，
追學陳後主的荒唐，
沒有顧慮到敵人已
兵臨城下，南唐
就是這樣滅亡。

娥眉越女纔承選，
燕子吳歈敵早擅場。
力士僉名搜笛步，
龜年協津奉椒房。
西崑詞賦新溫李，
烏巷冠裳舊謝王。
院院宮妝金翠鏡，
朝朝楚夢雨雲牀。

江南美女選入宮中，奸臣阮大鋮作的《燕子箋》崑曲上演了。

有如唐玄宗時，太監高力士按着名單去教坊挑選藝妓，樂工李龜年教後宮佳麗歌唱。

那些西崑詞曲畢竟只是俗品，烏衣巷中舊時的王謝兩大家今何在？後宮佳麗為逢迎主上而盛妝，而主上有如楚王夢會巫山神女，朝夕淫樂。

五侯閫外空狼燧，
二水洲邊自雀舫。
指馬誰攻秦相詐，
入林都畏阮生狂。
春燈已錯從頭認，
社黨重鉤無縫藏。
借手殺讐長樂老，
脅肩媚貴半閒堂。

五大將在邊防狼煙
告急也沒用，君臣
只顧在二水洲邊乘
雀舫遊樂。

誰敢揭穿馬士英指
鹿為馬的謊言呢？
朝臣紛紛入林歸隱，
都因怕了阮大鋮的
猖狂。

阮大鋮厚顏認錯依
附馬士英，大舉迫
害東林和復社兩黨
名士。借刀殺人猶
如五代長樂老馮道，
投身奸相逢迎權貴。

龍鍾閣部啼梅嶺，
跋扈將軍譟武昌。
九曲河流晴喚渡，
千尋江岸夜移防。
瓊花劫到雕欄損，
玉樹歌終畫殿涼。
滄海迷家龍寂寞，
風塵失伴鳳徬徨，
青衣啣璧何年返，
碧血濺沙此地亡。

餘韻

史可法在梅嶺，流淚誓師抗清之際。左良玉武昌起兵清君側，於九江集結渡河，馬士英下令史可法連夜移防江岸。

清兵攻破揚州城，瓊花觀雕欄損毀。南京城《玉樹後庭花》歌聲消散，宮殿一片荒涼。弘光帝出逃，如龍迷路於滄海，如鳳失伴於風塵。

弘光帝被清兵俘獲，受到「青衣啣璧」的屈辱，最後碧血濺沙，自刎而亡。

南內湯池仍蔓草，
東陵輦路又斜陽。
全開鎖鑰淮揚泗，
難整乾坤左史黃。
建帝飄零烈帝慘，
英宗困頓武宗荒。
那知還有福王一，
臨去秋波淚數行。

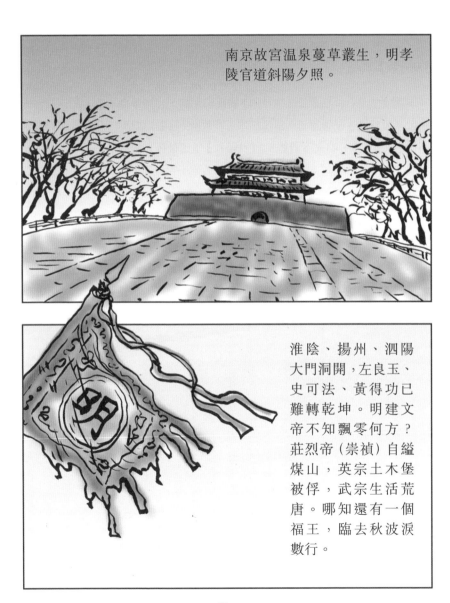

南京故宮溫泉蔓草叢生，明孝陵官道斜陽夕照。

淮陰、揚州、泗陽大門洞開，左良玉、史可法、黃得功已難轉乾坤。明建文帝不知飄零何方？莊烈帝（崇禎）自縊煤山，英宗土木堡被俘，武宗生活荒唐。哪知還有一個福王，臨去秋波淚數行。

【秣陵秋】

　　《餘韻》是孔尚任戲劇《桃花扇》續第四十齣，也即最後一齣。劇中説書人柳敬亭與蘇昆生劫後重逢，訴説往事，柳敬亭（丑生）自道：「我有一首彈詞，叫做【秣陵秋】，唱來下酒罷。」【秣陵秋】是這最後一齣戲中的第二支曲。在説唱之先，還有幾句：「六代興亡，幾點清彈千古慨；半生湖海，一聲高唱萬山驚。」

11
蝶戀花

納蘭性德

納蘭性德（公元 1655-1685 年），原名成德，字容若，號楞伽山人，清代著名詞人、學者，康熙朝廷重臣納蘭明珠長子，自幼聰敏好讀書，康熙十五年進士，官至一等侍衛，與當世眾名士相交往，也曾救助不少落魄文士，可惜享年不永，年僅三十一歲急病去世。納蘭著有《通志堂集》、《納蘭詞》等傳世，編有《通志堂經解》。

《蝶戀花》是納蘭性德悼念亡妻盧氏的詞作。盧氏才貌雙全，是納蘭心中的名花、才女。夫妻恩愛甚深，可惜只相處三年，盧氏於納蘭二十三歲時病故。

納蘭先從「天上月」寫起，「一昔如環，昔昔都成玦」，環與玦都是玉器，環是正圓型，玦是圓形缺口的形狀。上片三句借月亮為喻，圓滿的時候只有一夕，其餘都是虧缺的狀態，喻愛情的歡樂轉瞬即逝，恨多樂少。如果能夠讓天上月長盈不虧，我不惜化為冰雪，為你融化。

下片寫傷逝的悲痛，舊時燕子依然飛踏在簾間呢喃卻人去樓空，反襯未亡人的孤寂。結語採用「雙棲蝶」的典故，表達他與亡妻的愛情生死不渝，抒發無窮盡的哀悼，把永恆的愛寄託在化蝶的理想中。

蝶戀花

辛苦最憐天上月。一昔如環，昔昔都成玦。若似月輪終皎潔，不辭冰雪為卿熱。

辛苦最憐天上月，一夕如環，夕夕都成缺。

若妳能夠像圓月長盈不虧，

我甘願作為冰雪為妳融化。

蝶戀花

無那塵緣容易絕。燕子依然，軟踏簾鉤說。唱罷秋墳愁未歇，春叢認取雙棲蝶。

無奈啊！塵世因緣這麼容易斷絕。而燕子依然，棲在簾鉤上呢喃燕語。

輓歌唱罷，在秋墳之前，哀愁未能消歇。春花叢中，願化蝶相認，再相戀相依。

「春叢認取雙棲蝶」

　　此句意問：春花叢中是否還有雙宿雙棲的蝴蝶？

　　蝴蝶，是一種唯美的形態，中國古典文學中有用來象徵人的靈魂，比喻愛情與戀人。其中有源起《搜神記》韓憑妻殉情，衣絮化作蝴蝶的故事，也有著名的梁祝殉情化蝶。作者此處用蝴蝶意象，將思念跨越生死，轉生出化作蝴蝶脫離塵世，與妻子再續前緣，相戀相依的幻想。

12

雜感

黃仲則

　　黃仲則（公元1749-1783年），江蘇武進（今江蘇常州）人，四歲而孤，家境清貧，刻苦好學，八歲能文，九歲已負詩名。

　　黃仲則生於清乾隆全盛時期，社會經濟發達，物阜民豐。當時科舉制度重視八股文，自童試、鄉試、會試、殿試，層層考核，很多讀書人花費畢生精力仍無法中舉。黃仲則就是這樣一位典型落榜的書生。

　　廿多歲時，終於當了一名小小的官，在京供職武英殿，校錄四庫。可惜只是閒職俸薄，且身體多病，生活頗為潦倒。

　　本詩「雜感」二字，即指凌亂複雜的情感。首聯「仙佛茫茫兩未成，只知獨夜不平鳴」是逃避俗世，尋仙問道，學佛消苦。可惜皆一片茫茫，「兩未成」頗見自嘲。

　　頸聯「十有九人堪白眼，百無一用是書生」是全詩精句。黃仲則幼年已在太白樓賦詩，技驚四座，自負才華，孤高不羣。故其眼中之十有九人都是庸碌俗人，都是他是看不上眼的！可惜英才無名、家貧如舊，唯有自責自己是百無一用的書生。

　　尾聯「莫因詩卷愁成讖，春鳥秋蟲自作聲」總結全詩。回顧平生，悲憤不平，雖然有人勸戒作者莫作苦吟，否則非福成讖，但作者覺得不平則鳴，如窗外的春鳥秋蟲發聲，發乎自然，不必理會是否成讖。

仙佛茫茫兩未成，
祇知獨夜不平鳴。
風蓬飄盡悲歌氣，
泥絮沾來薄倖名。

修仙成佛已渺茫，兩皆未成。
只能在夜靜時獨自作詩，聊作不平之鳴。

蓬草般飄泊不定的生活，散盡了少日慷慨悲歌的意氣。
又如泥中殘絮，落落寡歡卻得來負心薄倖之名。

雜感

十有九人堪白眼，
百無一用是書生。
莫因詩卷愁成讖，
春鳥秋蟲自作聲。

平生深以鄙視庸庸碌碌之
輩，然而我卻是個百無一
用的書生！

不要憂愁所寫的詩
一語成讖，春鳥秋
蟲也會發出自己的
聲音啊！

「莫因詩卷愁成讖，春鳥秋蟲自作聲。」

　　讖：讖語，可預測吉凶之言。

　　古人有「詩讖」之說，若用不吉利的話語寫詩，往往會在作者身上應驗。大概是友人多勸作者莫作苦吟，但作者表示不要迷信，自覺應不平則鳴，猶如窗外春鳥秋蟲自發聲。亦有解說此處為作者的一種巧妙暗示，表達作者對清朝科舉制度的不滿，不迎合世俗，表示在困境中的孤傲與無奈。

13
對酒

秋 瑾

　　秋瑾（公元 1875-1907 年），浙江山陰（今紹興）人，原名秋閨瑾，後改名瑾，自署鑑湖女俠、惜寸陰主人等。

　　秋瑾生於官宦之家，自幼好學，嫻於辭令，喜談辯，善飲酒，愛舞劍。1896 年（光緒二十二年）應父母之命嫁與湘潭人王廷鈞為妻，因接受新思想，對國事及家事的看法與丈夫不同，夫妻決裂而離家出走。

　　1904 年夏，秋瑾東渡日本學習女子教育，又加入光復會、同盟會，回國創辦《中國女報》，提倡女權，倡導革命。1907 年，準備舉事反清，不幸事漏被補，7 月 15 日在紹興古軒亭口被殺，終年 33 歲。秋瑾善詩文，遺作不少，後人編為《秋瑾集》、《秋瑾全集箋注》。

　　這首《對酒》七絕充滿豪情俠氣：千金購刀，貂裘換酒，一腔熱血灑去，化成滔滔碧濤。碧濤此句典出《莊子》「萇弘死於蜀，藏起血，三年而化為碧」，後人遂以「碧血」形容烈士之血。秋瑾巾幗不讓鬚眉，詩情豪氣，躍然紙上。

對酒

不惜千金買寶刀，
貂裘換酒也堪豪。
一腔熱血勤珍重，
灑去猶能化碧濤。

不惜千金買一柄寶刀，豪邁地以貂裘換取美酒。

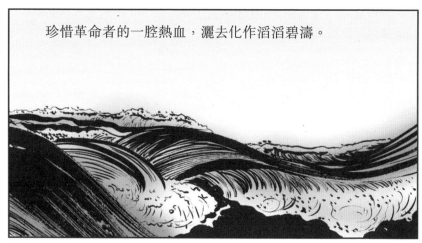

珍惜革命者的一腔熱血，灑去化作滔滔碧濤。

「不惜千金買寶刀，貂裘換酒也堪豪。」

　　秋瑾是清末女權倡導者、近代民主革命義士、辛亥女傑，性情剛烈，嫻於賦詩。不僅此句中有寶刀作伴，洋溢豪情壯志，從秋瑾作品中來看，也多涉及刀劍，如《寶刀歌》、《紅毛刀歌》、《寶劍篇》、《寶劍行》等，好友吳芝瑛《記秋女俠遺事》亦云：「秋瑾在京師時，攝有舞劍小影，又喜作《寶刀歌》、《劍歌》等篇，一時和者甚眾。」不難看出秋瑾內心充滿抱負，渴望憑藉個人力量推動女權活動，因此對刀劍尤為鍾愛。

14
送東陽馬生序

宋　濂

　　宋濂（公元 1310-1381 年），幼貧寒，聰敏好學，一生刻苦學習，「自少至老，未嘗一日去書卷，於學無所不通」。

　　元末時，朝廷召為翰林院編修，宋濂以奉養父母為由，辭不應召。潛居龍門山，築「青蘿山房」讀書，修道著述。

　　明初，任江南儒學提舉，為太子講經。洪武二年（公元 1369 年）主修《元史》，官至翰林院學士承旨、知制誥。洪武十年辭官還鄉，因長孫宋慎捲入胡惟庸案，被流放茂州（四川），卒於中途。終年七十二。

　　史稱宋濂「於學無所不通。為文醇深演迤，與古作者並。」文章宗經師古，取法唐宋，或質樸簡古，或雍容典雅，各擅勝場。劉伯溫稱「當今文章第一」，四方學者譽為「太史公」。有《宋學士全集》三十三卷傳世。

　　序，又稱「序言」、「前言」或「引言」，放在著作正文開端之前，多闡述成書的目的及寫作經過。古代另有「贈序」，內容多是對所贈親友的推重或勉勵之辭，《送東陽馬生序》就是作者宋濂寫給晚輩的贈序。東陽馬生是同鄉晚輩馬君則，於太學讀書時曾拜見宋濂，後因回鄉辭別，宋濂贈言勉勵馬君則，求學雖難，但只要用心、專心，總會有所成就。

送東陽馬生序

余幼時即嗜學。家貧，無從致書以觀，每假借於藏書之家，手自筆錄，計日以還。天大寒，硯冰堅，手指不可屈伸，弗之怠。錄畢，走送之，不敢稍逾約。以是人多以書借余，余因得遍觀羣書。

我幼時就愛讀書，因家貧無法擁有書籍學習，唯有向藏書人家求借，親手抄錄，約定日期歸還。

天氣酷寒，墨硯的墨也結冰了，手指凍得不能屈伸，我仍不敢鬆懈，抄畢，趕快把書送還，不敢逾時爽約。

因此人們大多肯將書借給我，我因而得以博覽羣書。

送東陽馬生序

既加冠，益慕聖賢之道；又患無碩師名人與遊。嘗趨百里外，從鄉之先達執經叩問。先達德隆望尊，門人弟子填其室，未嘗稍降辭色。余立侍左右，援疑質理，俯身傾耳以請；或遇其叱咄，色愈恭，禮愈至，不敢出一言以復；

二十歲加冠禮之後，成年了，更加仰慕聖賢之道。苦於無機會得名師高士指點，曾跑到百里之外，向同鄉前輩執經請教。

前輩德高望重，即使門人學生擠滿了他的房間，也不曾和顏悅色，把言辭放委婉些。

我立侍左右，提問疑難，俯身傾耳虛心受教，有時遭到訓斥，態度愈加恭敬，禮貌更為周到，不敢答一句話。

送東陽馬生序

侯其忻悅，則又請
焉。故余雖愚，卒獲
有所聞。
當余從師也，負篋曳
屣，行深山巨谷，
窮冬烈風，大雪深數
尺，足膚皲裂而不
知。至舍；四肢僵勁
不能動，媵人持湯沃
灌，以衾擁覆，久而
乃和。寓逆旅主人，
日再食，無鮮肥滋味
之享。

等到老師高興時，才又向他請
教。所以我雖愚鈍，最終還是得
到教益。

當我尋師時，揹着書箱，
跋拉着鞋子，行走在深山
大谷之中。

嚴冬寒風凜烈，大雪深
達數尺，腳的皮膚凍裂
了也不知道。到學舍後，
四肢凍僵不能動，僕人
以熱水為我洗手洗腳，
用棉被蓋着我，很久才
恢復暖和。

寄居在客舍，兩天
供應兩頓粗茶淡飯，
沒有任何鮮肥滋味
可言。

送東陽馬生序

同舍生皆被綺繡，戴
朱纓寶飾之帽，腰白
玉之環，左佩刀，右
備容臭，燁然若神
人；余縕袍敝衣處其
間，略無慕豔意。以
中有足樂者，不知口
體之奉不若人也。蓋
余之勤且艱若此。

同舍之學生，皆穿着錦繡衣
裳，戴着紅色帽帶綴有寶石
裝飾之帽，佩白玉環之腰帶，
左佩刀，右香囊，光鮮明亮，
如同神仙。

我穿着破舊棉衣和他們一起，沒
有半點羨慕他們的意思。

因為心中充實着
快樂滿足，並不
在意吃穿的享受
不如人家。我的
勤勞和艱辛大概
就是如此。

今雖耄老，未有所成，猶幸預君子之列，而承天子之寵光，綴公卿之後，日侍坐，備顧問，四海亦謬稱其氏名；況才之過於余者乎？

如今我雖已年老，無所成就，但猶幸置身於君子的行列中，而承天子之恩寵光耀。

追隨在公卿之後，每日侍奉於帝座之旁，聽候皇上顧問諮詢。

四海之內，亦總算有人謬讚在下之名聲，更何況是才能比我更高的人呢？

送東陽馬生序

今諸生學於太學，縣官日有廩稍之供，父母歲有裘葛之遺，無凍餒之患矣；坐大廈之下而誦詩書，無奔走之勞矣；有司業、博士為之師，未有問而不告，求而不得者也；

如今的學生在太學讀書，官府每天都有膳食供應，父母每年都添置四時衣服，不會有凍餓的憂慮了。

坐在大廈之下而誦讀詩書，無奔波之勞苦矣。

有老師、博士傳授課業，不會有問而不回答，求教而無所獲的了。

凡所宜有之書，皆集於此，不必若余之手錄，假諸人而後見也。其業有不精，德有不成者，非天質之卑，則必不若余之專耳，豈他人之過哉？

凡是應有的書籍都集於此，不必像我以手抄錄，從別人處借書才能看得到了。

同學中凡學業有不精，品德有不成者，如果不是他的天資低下，就是用心不如我專一，難道可以委過於人嗎？

送東陽馬生序

東陽馬生君則，在太學已二年，流輩甚稱其賢。余朝京師，生以鄉人子謁余，撰長書以為贄，辭甚暢達。與之論辯，言和而色怡。

東陽來的學生馬君則，在太學已二年，同輩甚稱讚其賢能。

我在京師朝見皇上時，馬生以同鄉晚輩的身份拜會我。

他撰寫一封長信作見面禮，辭甚暢達。與之論辯，言語溫和而態度謙恭。

送東陽馬生序

自謂少時用心於學甚勞，是可謂善學者矣。其將歸見其親也，余故道為學之難以告之。謂余勉鄉人以學者，余之志也；詆我本際遇之盛而驕鄉人者，豈知余者哉？

他說少年時甚為刻苦地用心學習，是可謂善學者矣。他將回家省親，我特地將為學之難告訴他。

我勉勵同鄉努力學習，是我的志向，若詆毀我是誇讚自己而炫耀於鄉里者，那就太不了解我了。

「余縕袍敝衣處其間，略無慕豔意。」

袍：長衣服的統稱，古代特指裝舊絲綿的長衣，近似現代長棉襖。

縕：亂絮，這裏指用新棉合舊絮的袍衣。

雖然漢以後，有絳紗袍、蟒袍、龍袍等。除了特定情境，穿着指定的袍衣，一般來説只有穿不起裘的人才穿袍。此句此段，意在陪襯，強調學生應心無旁騖、專心致志，是求學之心法。

15
賣 柑 者 言

劉 基

劉基（公元 1311-1375 年），字伯溫，浙江青田縣人，祖籍陝西保安（志丹），南宋抗金將領劉光世的後人，元末明初軍事家、政治家及詩人。

劉基自幼聰慧好學，一目十行，十二歲中秀才，有神童之稱，二十三歲，中進士，為官五載不畏強權，勤政愛民，有廉潔清譽。

劉基通經史、曉天文、精兵法。他以輔佐明太祖朱元璋完成帝業，開創明朝而名噪天下，被後人比作為諸葛武侯。《明史》記載：「所著文章，氣昌而奇，與宋濂並為一代之宗。」

《賣柑者言》是劉基於元代朝廷棄官以後所作。此時劉基對朝政心若死灰，深感為官已非救國之道，只有著文鞭撻，喚醒人心。文章以第一身寫法詰問賣柑者所賣之柑虛有其表，賣柑者卻反駁「世之為欺者不寡矣……」！列舉廟堂之內，文官不任事，武將不綏靖，尸位素餐，恬然自若，何嘗不是「金玉其外，敗絮其中」？！諷喻深刻，入情入理，文章因而不朽。

賣柑者言

杭有賣果者，善藏柑，涉寒暑不潰；出之燁然，玉質而金色。置於市，賈十倍，人爭鬻之。

杭州有個賣水果的，貯藏柑橘甚有方法，經歷冬夏也不腐爛。

拿出來，外表鮮明，翠玉一般的皮，漸變成金黃的顏色。

在市場上，比別人賣貴十倍，人們仍爭相購買。

賣柑者言

予貿得其一，剖之如有煙撲口鼻，視其中，則乾若敗絮。予怪而問之曰：「若所市於人者，將以實籩豆、奉祭祀、供賓客乎？將衒外以惑愚瞽乎？甚矣哉，為欺也！」

賣者笑曰：「吾業是有年矣。吾賴是以食吾軀。吾售之，人取之，未聞有言，而獨不足於子乎？

我買了一個，剖開它，竟有如一股煙直撲口鼻，看它裏面，乾得像破爛的棉絮。我很奇怪，就質問那果販……

你賣的柑，是準備讓人放在盤子上供奉神靈，招待賓客的嗎？還是單用它的好看外表，來迷惑傻瓜和瞎子呢？太過分了！這樣子騙人！

賣柑者笑着答：

我這生意經營了多年，靠這養活自己。我賣柑，人買柑，未聞有意見，單是先生你不滿意！

賣柑者言

世之為欺者，不寡矣，而獨我也乎？吾子未之思也。今夫佩虎符、坐皋比者，洸洸乎干城之具也，果能授孫吳之略耶？峨大冠、拖長紳者，昂昂乎廟堂之器也，果能建伊皋之業耶？

世上的騙徒多的是，難道只有我嗎？先生你沒有思考而已！

如今那些手執兵符，坐在虎皮交椅上的兵權幹將，威風凜凜，儼然保家衛國之將材，他們真的具備孫武、吳起的謀略嗎？

那些大冠高履，褒衣博帶的士大夫，昂昂然一副國家棟樑之材，他們真的能夠建立起伊尹、皋陶的功業嗎？

盜起而不知禦，民困
而不知救，吏奸而不
知禁，法斁而不知
理，坐縻廩粟而不知
恥；

盜賊四起，不懂得
抵禦……

百姓困苦，不懂得
挽救……

官吏違法，不知禁
止；法度敗壞，不
知整頓！白坐着虛
耗國庫的米糧，而
不知羞恥！

觀其坐高堂，騎大馬，醉醇醴而飫肥鮮者，孰不巍巍乎可畏，赫赫乎可象也？又何往而不金玉其外，敗絮其中也哉！

看他們坐在高堂，騎着大馬，喝着美酒，吃着美食……

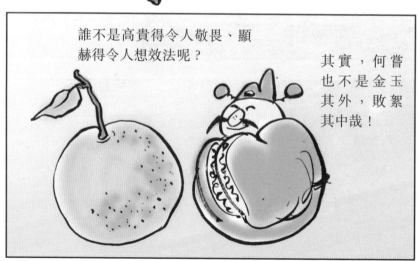

誰不是高貴得令人敬畏、顯赫得令人想效法呢？

其實，何嘗也不是金玉其外，敗絮其中哉！

賣柑者言

今子是之不察，而以
察吾柑！」
予默然無以應。退而
思其言，類東方生滑
稽之流。豈其忿世嫉
邪者耶？而託於柑以
諷耶？

現在先生你
不去深究那
些騙子，

卻來查究我
的柑子！

我啞口無言，再仔細思量，覺
得他就如東方朔一類的滑稽多
智，他憤世嫉邪，而假借柑子
來諷刺時弊。

77

「若所市於人者，將以實籩豆、奉祭祀、供賓客乎？」

　　豆，是古代祭祀宴饗用的盛裝食物的容器。有銅製、陶製、木製或竹製，木豆叫「豆」，瓦豆叫「登」，「籩」是竹豆。「豆」淺如盆，西周時束腰狀、多無蓋無耳；春秋時則兩側有環，下有高足，可握可把；三國時變化較大，盆腹變深，兩側有握把，多數有蓋，蓋上也有把手。

16

項 脊 軒 志

歸有光

歸有光（公元 1506-1571 年），號項脊生，明代著名古文家。其文風樸素簡潔，恬適自然，善於敍事，親切動人，在當時被譽為「今之歐陽修」，明人黃宗羲更稱讚其古文為「明文第一」。

此篇《項脊軒志》是不可多得的記事抒情之作。「志」者，亦作「誌」，是文體的一種，兩者相似而有別：「記」主要記各種事或物，如范仲淹《岳陽樓記》、歐陽修《醉翁亭記》等；「志」則多記錄個人事跡如墓志、人物志等。《項脊軒志》表面看來雖是記物，但內容以記個人事跡為主，又悼念母親、祖母及妻子，故稱為「志」。

《項脊軒志》非一氣呵成。歸有光十九歲時，文章由開首寫至「其謂與埳井之蛙何異？」本已完畢，是懷念母親與祖母之作。相隔十六年，歸有光三十五歲，補寫文末思念愛妻的最後一段作結。

本文的賞析重點是通過對景物的細緻描寫，帶出要刻畫的人物形象，用現代的說法就是充滿視像感，有如一幀幀畫像呈現在讀者眼前。「庭有枇杷樹，吾妻死之年所手植也，今已亭亭如蓋矣！」樹長而人亡，一生死一枯榮，以景伊始，亦情亦景，藉景作結，最終寫的是懷念故人。作者除了表達對妻子思念之情，亦有對萬物生生不息的喟歎。

項脊軒志

項脊軒，舊南閣子也。室僅方丈，可容一人居。百年老屋，塵泥滲漉，雨澤下注。每移案，顧視無可置者。

項脊軒，是舊居南邊的小屋。屋內僅一丈見方，可容一人居住。

百年老屋，灰塵泥土從屋頂空隙掉落，下雨時雨水往下直灌。每次想移動書桌，環視四周卻沒有可安置的地方。

又北向，不能得日，日過午已昏。余稍為修葺，使不上漏；前闢四窗，垣牆周庭，以當南日；日影反照，室始洞然。又雜植蘭桂竹木於庭，舊時欄楯，亦遂增勝。

窗戶朝北，陽光照射不到，午後已昏昏暗暗。

我稍為修葺，使屋頂不再滲漏。前面開闢四扇窗子，院子砌上圍牆，承接南邊射來的陽光，日影反照，室內才明亮起來。

又在庭院錯落地栽種蘭花、桂樹和竹子，舊時欄杆也增添了幾分景致。

項脊軒志

借書滿架，偃仰嘯歌，冥然兀坐，萬籟有聲，而庭階寂寂；小鳥時來啄食，人至不去。三五之夜，明月半牆，桂影斑駁，風移影動，珊珊可愛。然予居於此，多可喜，亦多可悲。

借書放滿書架，俯仰長嘯吟唱。有時默然端坐，靜聽自然界各種各樣的聲音。

庭院階前寂寂，小鳥時來啄食，人來了也不離去。

十五之夜，明月照於半牆，桂樹的影子錯落雜亂，風吹影動，發出清脆的聲音。然而我居於此，有值得高興的事，亦有悲傷的事情。

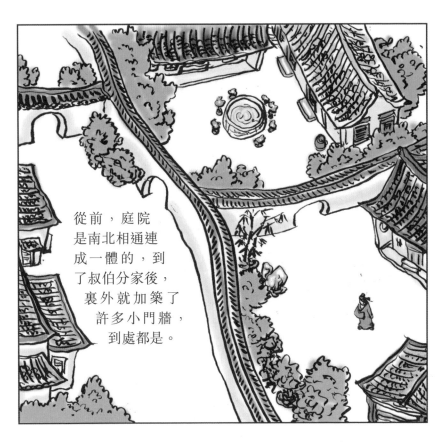

先是，庭中通南北為一。迨諸父異爨，內外多置小門牆，注注而是。東犬西吠，客踰庖而宴，雞棲於廳。庭中始為籬，已為牆，凡再變矣。

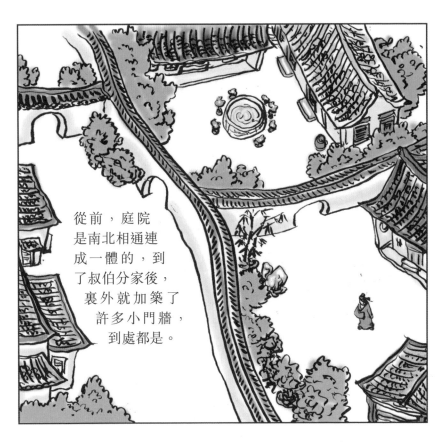

從前，庭院是南北相通連成一體的，到了叔伯分家後，裏外就加築了許多小門牆，到處都是。

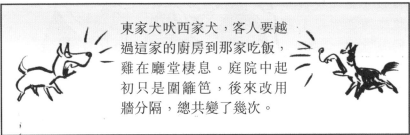

東家犬吠西家犬，客人要越過這家的廚房到那家吃飯，雞在廳堂棲息。庭院中起初只是圍籬笆，後來改用牆分隔，總共變了幾次。

項脊軒志

家有老嫗，嘗居於此。嫗，先大母婢也，乳二世，先妣撫之甚厚。室西連於中閨，先妣嘗一至。嫗每謂余曰：「某所，而母立於茲。」嫗又曰：「汝姊在吾懷，呱呱而泣。娘以指叩門扉曰：『兒寒乎？欲食乎？』吾從板外相為應答——」語未畢，余泣，嫗亦泣。

家中有個老婆婆，曾居於此。她是我先祖母的婢女，是我家兩代人的乳母，先母在世時對她很好。

此室西面連着內室，先母曾經常常來，老婆婆經常跟我說：「這地方，你母親當年就站在這裏。」

老婆婆又說：

你姊姊在我懷中，呱呱而泣。

你母親扣門問道：『孩子是冷呢還是想吃東西呢？』我隔着門一一答應。

話還未說完，我就哭起來，老婆婆也哭了。

項脊軒志

余自束髮讀書軒中。一日大母過余，曰：「吾兒，久不見若影，何竟日默默在此，大類女郎也？」比去，以手闔門，自語曰：「吾家讀書久不效，兒之成則可待乎？」頃之，持一象笏至，曰：「此吾祖太常公宣德間執此以朝，他日汝當用之。」瞻顧遺跡，如在昨日，令人長號不自禁。

我自十五歲起就在此軒中束髮讀書，一日祖母來看我，說：

我的孩子，很久沒見到你的身影了，為何整天默默在此，真像個女孩子！

離去時用手關門，自言自語道：

我家讀書人很久沒有考得功名，這孩子應有指望啊！

這是先祖太常公宣德年間拿着上朝的，他日你會用得着的！

不一會，拿着一個象笏過來說：

回憶起這些事情，如在昨日，令人忍不住放聲大哭。

軒東故嘗為廚。人
注，從軒前過；余扃
牖而居，久之，能以
足音辨人。軒凡四遭
火，得不焚。殆有神
護者。

項脊生曰：「蜀清守
丹穴，利甲天下，
其後秦皇帝築女懷清
台。劉玄德與曹操爭
天下，諸葛孔明起隴
中。

項脊軒的東邊曾
經是廚房，人來
往必從軒前過，
我關上窗戶住在
裏面，久之，能
根據足音辨出是
何人。

項脊軒一共遭遇了
四次火災，能不被
焚毀，大概是有神
明護持吧！

項脊生曰：「巴蜀寡婦清守
住朱砂礦，利潤天下第一。
後來秦皇帝敬佩寡婦貞烈，
為她築　『懷清台』。

劉玄德與曹操爭天下時，起
用諸葛孔明於隴中。

方二人之昧昧於一隅也，世何足以知之？余區區處敗屋中，方揚眉瞬目，謂有奇景。人知之者，其謂與埳井之蛙何異？」余既為此志，後五年，吾妻來歸，時至軒中，從余問古事，或憑几學書。

當二人寂寂無聞仍處於一隅之時，世人又怎會知道他們呢？區區在下處於這破屋中，正眉飛色舞，自以為得意，知道此情況的人，會問我與井中之蛙有何分別？」

我作了這篇志之後，過了五年，妻子嫁到我家，她時常來到軒中，跟隨我學習古代的事，或倚靠書桌旁學寫字。

項脊軒志

吾妻歸寧，述諸小妹語曰：「聞姊家有閣子，且何謂閣子也？」其後六年，吾妻死，室壞不修。其後二年，余久臥病無聊，乃使人復葺南閣子，其制稍異於前。

吾妻回娘家省親回來，向我轉述小妹的說話：「聽說姊姊家有閣子小屋，何謂閣子呢？」

六年後，吾妻去世，項脊軒破敗沒有修葺。

再過兩年，我臥牀養病感到無聊，就使人修復南閣子，格局和以前稍有不同。

項脊軒志

然自後余多在外，不
常居。庭有枇杷樹，
吾妻死之年所手植
也，今已亭亭如蓋矣。

然而此後我
多出門在
外，不常住
在家裏。

庭院中有一株
枇杷樹，是吾
妻去世之年親
手栽種的，如
今已長得亭亭
如蓋矣。

「余扃牖而居，久之，能以足音辨人。」

　　扃：關閉。牖：窗戶。此句意為：我關上窗戶居住在內，時間長了，可以透過聽步履的聲音分辨過路人。

　　古代宮室住宅中，寢室的南北各有一窗，朝南的窗與堂相通，叫「牖」。牖是固定的，窗框之間有豎立的木條，上古時候沒有用紙糊窗，為防蚊蠅，都掛簾子。這樣的窗戶不僅通透，木條之間的間隙還很大。

17

滿 井 遊 記

袁宏道

　　袁宏道（公元 1568-1610 年），明代著名文學家，他自小聰穎，善寫詩文，年十六為諸生，結社城南，自為社長。萬曆二十年（公元 1592 年）登進士，萬曆二十三年謁選為吳縣知縣，聽政敏決，在任二年治理有道，縣民大悅。宰相申時行稱譽之為：「二百年來，無此令矣！」

　　袁宏道辭離吳縣知縣去遊玩蘇杭，寫下《虎丘記》、《初至西湖記》等著名遊記。萬曆二十六年（公元 1598 年），他收到在京城任職的哥哥袁宗道的信，讓他入京為官。他在赴京翌年的早春二月，遊覽當時著名景點滿井，並寫成此文。文章通過描述作者於花朝節後天氣稍為和暖的一天，偕同數位朋友出遊滿井時的所見所感，表現他厭棄喧囂塵俗城市生活和官場生活的情懷，及喜愛山川草木的感情。

　　袁宏道與其兄袁宗道、弟袁中道俱有才名，合稱「公安三袁」。其後學形成公安派，為明代主要詩文流派之一，成就最大的是山水遊記，清新瀟灑，自成一家。《滿井遊記》正是其代表作。

　　清人王國維在《人間詞話》云：「昔人論詩詞，有景語情語之別，不知一切景語皆情語也。」景語皆情語是本文的其中一個特色。

滿井遊記

燕地寒，花朝節後，餘寒猶厲。凍風時作，作則飛沙走礫。局促一室之內，欲出不得。每冒風馳行，未百步輒返。廿二日，天稍和，偕數友出東直。至滿井，偕

北京一帶氣候寒冷，每年二月花朝節過後，殘存的寒氣仍然厲害。時有冷風颳起，動輒飛沙走石。

侷促在斗室，欲出不得。每次冒風疾行，走不到百步就被迫返回。

（二月）二十二日，天氣稍為暖和，偕數友行出東直門，到了滿井之地。

92

滿井遊記

高柳夾堤，土膏微潤，一望空闊，若脫籠之鵠。於時冰皮始解，波色乍明，鱗浪層層，清澈見底，晶晶然如鏡之新開而冷光之乍出於匣也。山巒為晴雪所洗，娟然如拭，鮮妍明媚，如倩女之靧面而髻鬟之始掠也。

高大的柳樹立在堤岸，肥沃的土地有些濕潤，這裏一望空闊，心情快樂得好像逃出鳥籠之天鵝。

這時江上之薄冰初融，春水開始出現明亮的色澤，像魚鱗般的波浪一層一層，清澈見底。

亮晶晶像打開的鏡匣，冷光乍現從匣中射出來。山巒被融雪洗過，秀麗山色娟然美好、鮮豔明媚，像美女洗過臉後，在梳理她的髮髻。

柳條將舒未舒,柔梢
披風,麥田淺鬣寸
許。遊人雖未盛,泉
而茗者,罍而歌者,
紅裝而蹇者,亦時時
有。

柳條將舒而未
舒,柳梢迎風而
舞,麥田的小麥
長出寸許的幼苗。

遊人雖然還不
多,但有取泉
水煮茶的……

拿着酒杯唱
歌的……

身穿華服騎
驢緩行的女
子……也時
時能看到的。

風力雖尚勁，然徒步則汗出浹背。凡曝沙之鳥，呷浪之鱗，悠然自得，毛羽鱗鬣之間皆有喜氣。始知郊田之外，未始無春，而城居者未之知也。

夫能不以遊墮事，而瀟然於山石草木之間者，惟此官也。而此地適與余近，余之遊將自此始，惡能無紀？己亥之二月也。

滿井遊記

風力雖然仍勁，但走着走着仍會汗流浹背。那些在沙洲上曬太陽的鳥，在水面戲水的魚，都悠然自得，透出生命的氣息。

我才知道郊野之外已有春意，但城中人未必知道。不會因遊玩而耽誤公事，瀟灑於山石草木之間者，惟有我這清閒官職之人。

滿井正好近我住處，我的郊遊就從這裏開始，怎能不記下來呢？萬曆二十七年二月。

「燕地寒，花朝節後，餘寒猶厲。」

　　花朝節：舊俗以陰曆二月十二或十五為百花生日，稱為花朝節。俗語有「花朝月夕」，「花朝」又指二月半。這一日人們多出外賞花遊玩。作者通過首句，花朝節後天氣稍暖的一天與朋友出遊滿井，刻意記錄出遊的時間與起因，表達他厭棄度日如年的官場生活、期盼遠離城市喧囂生活的迫切心情。

18

廉　恥

顧炎武

顧炎武（公元 1613-1682 年），明末清初著名儒學家，明亡後，因景仰文天祥學生王炎午為人，改名炎武，字寧人，學者尊稱為亭林先生。

顧炎武十四歲取秀才，以「行己有恥」、「博學於文」為學問宗旨，屢試不中，退而讀書。明崇禎十六年（公元 1643 年），以捐納得國子監監生之職。入清後他終身不仕，以保存名節。

《日知錄》是顧炎武的一部筆記體著作，傾注畢生之精力而成。全著共三十二卷，對政治、經濟、經學、文學、風俗、文字、歷史、天文、地理等具體問題有精要的論述和考辨。本文選自卷十七《廉恥》中的一段。

《廉恥》強調禮、義、廉、恥四維之中「恥」最重要，是重建一個真正士人氣節的關鍵。顧炎武認為士人官吏無羞恥之心，為達目的就會比一般人更無所不用其極，對國家社會造成巨大傷害。

文章表面是對儒家傳統學說的繼承，但實際上卻是對變節仕清遺臣作出嚴厲抨擊，體現顧炎武高尚的民族氣節和愛國精神。

《五代史‧馮道傳》論曰：「禮義廉恥，國之四維；四維不張，國乃滅亡。」四維不張，國乃滅亡。善乎管生之能言也。禮義，治人之大法，廉恥，立人之大節。

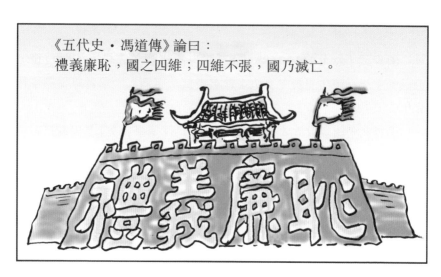

《五代史‧馮道傳》論曰：
禮義廉恥，國之四維；四維不張，國乃滅亡。

好啊！管仲見解獨到！禮和義，是治理百姓的重要法則；廉與恥，是教化百姓處世立身的道德準則。

蓋不廉則無所不取，不恥則無所不為，人而如此，則禍敗亂亡亦無所不至。況為大臣，而無所不取，無所不為，則天下其有不亂，國家其有不亡者乎！」

蓋不廉，則無
所不取，

人若無恥，
無所不為！

做人如果到了這境界，則一切
人為災禍隨之而來，更何況若
身為大臣也無所不取，無所不
為，則天下哪有不亂，國家哪
有不亡的呢？！

然而四者之中，恥尤
為要。故夫子之論士
曰：「行己有恥。」
孟子曰：「人不可以
無恥，無恥之恥，無
恥矣！」又曰：「恥
之於人大矣！為機變
之巧者，無所用恥
焉！」

然而禮、義、廉、恥四者之中，恥尤其重要。引用孔子的話來説就是……

個人處世，必須有羞恥之心！

孟子説：

人不可無羞恥之心，視無羞恥為可恥者，就能遠離恥辱了！

又曰：

羞恥心於人關係至大，玩弄機謀巧詐的人，是沒有羞恥心的……

所以然者，人之不廉，而至於悖禮犯義，其原皆生於無恥也。故士大夫之無恥，是謂國恥。

吾觀三代以下，世衰道微，棄禮義，捐廉恥，非一朝一夕之故。然而松柏後彫於歲寒，雞鳴不已於風雨，彼昏之日，固未嘗無獨醒之人也。

其之所以如此，是因為為人不廉潔、違反禮義，原因都在「無恥」也！故士大夫的無恥，可謂國恥。

我觀察夏、商、周三代以後，世道衰微，捐棄了禮、義、廉、恥，並非一朝一夕所造成的。

然而凜冽寒冬中仍有最後才凋零的松柏，風雨如晦中仍有驚世的雞鳴。在那些昏暗日子裏，未嘗沒有獨具見識的清醒之人。

廉恥

最近讀到《顏氏家訓》上的一段話：「齊朝有一個士大夫曾對我說⋯⋯

我有一兒，年已十七，能寫文件書信，我讓他學鮮卑語及彈琵琶⋯⋯

『待稍為通曉時，就可以此技能侍候公卿大人，到處都受到寵愛呢！』

102

吾時俯而不答。異哉此人之教子也！若由此業自致卿相，亦不願汝曹為之！」嗟乎！之推不得已而仕於亂世，猶為此言，尚有《小宛》詩人之意，波闒然媚於世者，觥無愧哉！

我當時低頭不答。怪哉，此人竟是這樣教育兒子的！

若通過這些手段，即使做到相卿之位，也不過是獻媚於世之輩。」

嗟夫！顏之推因不得已要在亂世中出仕為官，說出這樣的話，尚有如《小宛》詩人般的精神，教導子弟為善不忘本，那些卑劣地獻媚於世俗的人，能不慚愧麼？

「然而松柏後彫於歲寒，雞鳴不已於風雨，彼昏之日，固未嘗無獨醒之人也。」

　　顧炎武自十四歲取得秀才後，屢試不中，退而讀書。亭林先生廣泛涉獵書籍，全祖望先生曾在《鮚埼亭集‧亭林先生神道表》中提及：「歷覽二十一史、十三朝實錄、天下圖經、前輩文編説部，以至公移邸抄之類，有關民生之利害者隨錄之」。

　　所以全文引典手到拈來，先《五代史》，再孔孟，《論語》、《詩經》、《顏氏家訓》等等，無論引典或引語都自然而不造作，令人目不暇給：

　　「松柏後彫於歲寒」出自《論語‧子罕》：「歲寒，然後知松柏之後彫也。」彫：通「凋」。此句以寒冬時最後才凋零的松柏，比喻君子雖處逆境仍能堅守節操。

　　「雞鳴不已於風雨」出自《詩經‧鄭風‧風雨》：「風雨淒淒，雞鳴喈喈。既見君子，云胡不夷？風雨瀟瀟，雞鳴膠膠。既見君子，云胡不瘳？風雨如晦，雞鳴不已。既見君子，云胡不喜？」比喻君子雖處亂世，仍能不變固有操守。

　　「彼昏之日，固未嘗無獨醒之人也」引屈原《漁父》中「舉世皆濁我獨清，眾人皆醉我獨醒」之語典。

19
左忠毅公軼事

方苞

　　方苞（公元 1668-1749 年），安徽桐城人，清代著名文學家，桐城派古文創始人。方苞繼承明人歸有光「唐宋派」之古文傳統，提出「義法」之說：「義即『言有物』也，法即『言有序』也，義以為經，而法緯之，然後為成體之文。」（《望溪先生文集・又書貨殖傳後》）

　　「左忠毅公」即左光斗（公元 1575-1625 年），明末名臣，本文是記述有關左氏罕為人知逸事的一篇傳記，透過左光斗和史可法的事跡，突顯左光斗英烈的忠臣形象。

　　文章題目開宗明義寫左光斗之軼事，但比較起來，通篇描寫史可法之處更多，卻沒有喧賓奪主之感。

　　文中首先記述左光斗獨具伯樂之眼，賞識及提拔史可法這個棟樑之材。及至左氏被誣入獄後，轉而描寫史可法。但對史的明寫，實際上暗寫左光斗，因為史可法之重情重義、盡忠職守以至愛護下屬等等，皆出自其恩師左光斗的影響，這是對左光斗形象性格之補充。同樣是英烈忠臣的史可法，每述老師事跡而總涕淚滿面，史之光芒加倍襯托出左之高大形象。

　　本文「義」深而「法」妙，確實達至方苞自己所云「義以為經，而法緯之」的創作境界。

先君子嘗言：鄉先輩左忠毅公視學京畿。一日，風雪嚴寒，從數騎出，微行入古寺。廡下一生伏案臥，文方成草。

先父曾說過這件事：同鄉前輩左忠毅公在京城任主考官時，有一天，風雪嚴寒，他與數隨從微服出行，來到一座古寺。

廊下小屋有一書生伏案休息，桌上有他剛寫好的文章草稿。

左忠毅公軼事

公閱畢，即解貂覆生，為掩戶。叩之寺僧，則史公可法也。及試，吏呼名至史公，公瞿然注視，呈卷，即面署第一。

左公拿來看，閱畢，即解下貂裘蓋在書生身上，又為他掩上窗戶。

向和尚打聽，知道他名叫史可法。

到考試時，小吏喚叫史可法之名，左公瞠目而視。

到呈上考卷，即當着史可法批示為第一名。

左忠毅公軼事

卒，卒感焉。

五十金，涕泣謀於禁

炮烙，旦夕且死，持

近。久之，聞左公被

伺甚嚴，雖家僕不得

夕窺獄門外。逆閹防

及左公下廠獄，史朝

生耳！」

他日繼吾志事，惟此

曰：「吾諸兒碌碌，

名入，使拜夫人，

又把他召入房
中，拜見左夫
人，曰：

我的幾個兒子都庸碌
無才，他日能繼承我
志向和事業的，只有
這個書生！

後來，左公被誣陷
關進東廠監獄，史
可法朝夕在獄門
外窺探。

逆賊宦官防守甚嚴，即
使左家僕人也不容接
近。過了一段時間，聽
說左公受到炮烙酷刑，
性命難保。史拿五十金
流淚請求獄卒，獄卒被
感動了。

一日，使史更敝衣草屨，背筐，手長鑱，偽為除不潔者，引入，微指左公處。則席地倚牆而坐，面額焦爛不可辨，左膝以下，筋骨盡脫矣。史前跪，抱公膝而嗚咽。公辨其聲，而目不可開，乃奮臂以指撥眥，

一天，讓史可法換上破衣草鞋，背簍筐，手持長柄鑱子，偽裝為清潔工，領他進入監獄。

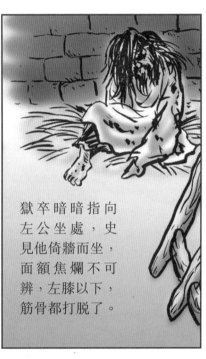

獄卒暗暗指向左公坐處，史見他倚牆而坐，面額焦爛不可辨，左膝以下，筋骨都打脫了。

史向前跪下，抱着左公膝嗚咽，左公辨其聲，但眼睛睜不開，於是振起手臂用手指撥開眼睛。

左忠毅公軼事

目光如炬，怒曰：「庸奴！此何地也？而汝來前！國家之事，糜爛至此，老夫已矣，汝復輕身而昧大義，天下事誰可支拄者！不速去，無俟姦人構陷，吾今即撲殺汝！」因摸地上刑械，作投擊勢。史噤不敢發聲，趨而出。後常流涕述其事以語人曰：「吾師肺肝，皆鐵石所鑄造也。」

崇禎末，流賊張獻忠出沒蘄、黃、潛、桐間，史公以鳳廬道奉檄守禦。每有警，輒數月不就寢，使將士更休，而自坐幄幕外。擇健卒十人，令二人蹲踞而背倚之，漏鼓移則番代。

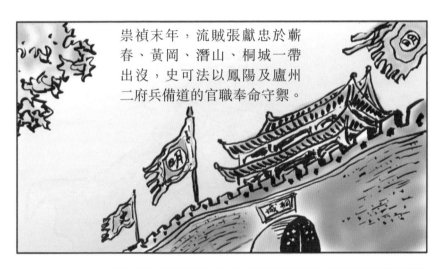

崇禎末年，流賊張獻忠於蘄春、黃岡、潛山、桐城一帶出沒，史可法以鳳陽及廬州二府兵備道的官職奉命守禦。

每有警報，數月不得休息，命令將士們輪休，而自己卻坐於軍帳外。他挑選健卒十人，命令兩名士兵蹲坐，他則背靠在兩名士兵身上席地而坐，每過一更就輪番替代。

左忠毅公軼事

每寒夜起立，振衣裳，甲上冰霜迸落，鏗然有聲。或勸以少休，公曰：「吾上恐負朝廷，下恐愧吾師也。」

史公治兵，往來桐城，必躬造左公第，候太公、太母起居，拜夫人於堂上。

余宗老塗山，左公甥也，與先君子善，謂獄中語乃親得之於史公云。

每寒夜起身，抖抖衣裳，鎧甲上的冰霜迸落，鏗然有聲。有人勸他稍作休息，史公曰：

吾上恐負朝廷，下恐負吾師也！

史公領兵，往來桐城，必親到左公府第，向其太公、太母請安，再到堂上拜見左夫人。

我的宗親長輩方塗山，是左公女婿，與先父友好，稱獄中對答是從史公那裏聽來的。

「聞左公被炮烙，且夕且死。」

此句意為，聽聞左公被處炮烙刑罰，已奄奄一息，瀕臨死亡邊緣。

炮烙：古代刑罰之一，又稱「炮格」。最初記載為殷紂王所用的酷刑。「格」為銅器，在銅器底下燒炭，迫使受刑者在炙熱的銅器上步行，最後墜入火中燒死。

寥寥數字刻畫朝廷閹黨的殘忍，描繪出左公英烈的忠臣形象。

20
為學

彭端淑

彭端淑（公元 1699-1779 年），眉州丹棱（今四川丹棱縣）人，清朝文學家，與李調元、張問陶一起被後人並稱為「清代四川三才子」。彭端淑十歲能文，十二歲入縣學。雍正四年（公元 1726 年），彭端淑考中舉人；雍正十一年又考中進士，進入仕途，授吏部主事。

彭端淑為官清廉，乾隆十九年（公元 1754 年）出任廣東肇羅道道台，一個月時間理清三千餘件積案，任官期間深受百姓愛戴，但也因性格正直而得罪不少大官。乾隆二十六年（公元 1761 年）罷官。晚年於成都錦江書院講學。

中國傳統重視教育，為學之道是中國傳統讀書人經常探討的話題。《為學》這篇文章以四川邊境二僧的故事為例：窮和尚「一瓶一鉢」可以遠去南海遊歷，富和尚雖有錢，但畏首畏尾根本不敢成行！説明人的資質雖各有不同，但人貴有志、事在人為，只要努力不懈，就可後來者居上。反之，如果不付諸努力，即使擁有最好的條件，也不可能有任何成就。成功的關鍵在於主觀努力，不應計較客觀條件的好壞。

天下事有難易乎？為之，則難者亦易矣；不為，則易者亦難矣。人之為學有難易乎？學之，則難者亦易矣；不學，則易者亦難矣。

天下事有「難」和「易」的區別嗎？肯做，則難事也變容易；不做，則易事也變困難。

做學問有「難」和「易」的區別嗎？

肯學，則難變易；
不學，則易變難。

為學

吾資之昏不逮人也，吾材之庸不逮人也，旦旦而學之，久而不怠焉，迄乎成，而亦不知其昏與庸也。吾資之聰倍人也，吾材之敏倍人也；屏棄而不用，其與昏與庸無以異也。

我天資愚魯，趕不上別人；我才具平庸，及不上別人⋯⋯

但我每天都學習，持之以恆，終有所成，再不是愚魯與平庸了！

若我天資聰明過人，我的才具也比別人高得多，卻棄而不用，那就跟愚魯和平庸沒分別了！

聖人之道，卒於魯也傳之。然則昏庸聰敏之用，豈有常哉？蜀之鄙有二僧：其一貧，其一富。貧者語於富者曰：「吾欲之南海，何如？」富者曰：「子何恃而往？」貧者曰：「吾一瓶一缽足矣。」

聖人之道（孔子學說），最終由愚魯的曾參傳承下去。如此看來，愚魯平庸和聰明機敏，並非一成不變的。

四川邊緣之地有二僧，其一貧，其一富。貧者對富者說：

我想到南海去，你認為如何？

富和尚說：

你憑甚麼去呢？

我一瓶一缽就足夠了！

117

為學

富者曰：「吾數年來
欲買舟而下，猶未能
也。子何恃而注？」
越明年，貧者自南海
還，以告富者，富者
有慚色。西蜀之去南
海，不知幾千里也，
僧之富者不舡至，而
貧者至之。人之立
志，顧不如蜀鄙之僧
哉？

富和尚説：

我數年來欲買舟而下
南海，尚且不能，你
憑甚麼呢！

到了第二年，窮和
尚自南海返回，告
見富和尚，
富和尚面露
慚愧之色。

四川距離南海，不知有幾千里
路，富和尚不能到而窮和尚卻做
到了。人之立志，難道還不如四
川邊境的窮和尚嗎？

118

是故聰與敏，可恃而
不可恃也，自恃其聰
與敏而不學者，自敗
者也。昏與庸，可限
而不可限也；不自限
其昏與庸而力學不倦
者，自力者也。

因此，聰明機敏，可靠也不
可靠，自恃聰敏而不好好學
習，自取失敗者也！

愚魯平庸，可以限制但
非受限制，不自限愚魯
平庸而力學不倦者，可
以靠努力而成功。

「人之立志，**顧不如蜀鄙之僧哉？**」

　　鄙：邊遠的地方。

　　一個人立志求學，難道還比不上蜀地邊境的窮和尚？

　　作者用蜀鄙二僧的故事，來論證「學問是否有難易」的深刻道理，用窮和尚、富和尚來比喻不同天資的人，證明人貴立志、立志而為，天資不是成功的關鍵條件。「蜀鄙之僧」，又言「蜀鄙二僧」，是出自本文的成語。

21
病梅館記

龔自珍

　　龔自珍（公元 1792-1841 年），號定盦，晚年更號羽琌山民，清代思想家、文學家。定盦二十六歲中舉人，三十八歲得進士，曾任內閣中書、宗人府主事等官職，主張革除弊政，抵制外國侵略，曾全力支持林則徐禁除鴉片。可惜空有報國之心，而仕途阻滯，定盦四十八歲辭官南歸，次年暴卒於江蘇丹陽雲陽書院。

　　定盦文章被柳亞子譽為「三百年來第一流」。代表作品有《定盦文集》、《己亥雜詩》、《國語註補》，今留存文章三百餘篇，詩詞近八百首，後人輯為《龔自珍全集》。

　　《病梅館記》明寫的是「病梅」，實質比喻這個國家「有病」！

　　原來定盦欲種梅於所居之處，購入三百盆栽，豈料盡是欹曲疏枝之「病梅」。定盦哭泣三日，決定毀其盆，悉埋於地。他以梅之病態，聯繫到己志難伸、民智不張、科舉之扼殺靈性，人才之抑鬱難舒，於是借題發揮。

　　定盦眼中，病梅，非病也；療梅，實救國也。

江寧之龍蟠，蘇州之鄧尉，杭州之西谿，皆產梅。或曰：梅以曲為美，直則無姿。以欹為美，正則無景。梅以疏為美，密則無態。固也。此文人畫士，心知其意，未可明詔大號，以繩天下之梅也；

江寧龍蟠里、蘇州鄧尉山和杭州西溪皆以盛放梅花著稱。有人說：梅以曲為美，直則無風姿。以傾斜為美，端正則無景致。

梅以疏為美，密則無態。本是如此，文人畫士皆心明其意，卻不便公開宣揚，就以此規範天下之梅的審美法則。

病梅館記

又不可以使天下之民，斫直、刪密、鋤正，以夭梅、病梅為業以求錢也。梅之欹、之疏、之曲，又非蠢蠢求錢之民，骩以其智力為也。有以文人畫士孤癖之隱，明告鬻梅者：斫其正，養其旁條；刪其密，夭其稚枝，鋤其直，遏其生氣，以求重價，而江、浙之梅皆病。文人畫士之禍之烈至此哉！

又不可使天下之種梅人，砍去筆直枝條、刪除茂盛枝葉、鋤掉端正樹幹，以夭梅、病梅來生財。梅之傾斜、疏落、曲折，又非蠢蠢拜金之徒能憑藉才智可造就。

於是有人把文人畫士的這項獨特偏好告訴賣梅的人：

刪去繁密，折其嫩枝！

砍掉正枝，培養旁條！

鋤掉直幹，阻其生機，以求重價。

於是江、浙之梅皆成病態。文人畫士之禍，嚴重到此地步啊！

予購三百盆,皆病
者,無一完者,既泣
之三日,乃誓療之、
縱之、順之,毀其盆,
悉埋於地,解其椶縛,

我購入三百盆,都是病
梅,沒有一盆是完好的!

為它們哭了三天,立誓療之、縱
之、順之。於是毀其盆,種在地
上,解掉捆綁它們的繩索。

以五年為期，必復之全之。予本非文人畫士，甘受詬厲，闢病梅之館以貯之。嗚乎！安得使予多暇日，又多閒田，以廣貯江甯、杭州、蘇州之病梅，窮予生之光陰以療梅也哉？

以五年為期，一定讓它們恢復完好。我本非文人畫士，甘受譏諷辱罵，設一間病梅館來安置它們。

嗚呼！怎樣才可多些空閒時間，又多一些閒置田地，以廣納江寧、杭州、蘇州之病梅，窮我畢生之光陰以療梅呢？

「或曰：梅以曲為美，直則無姿。以欹為美，正則無景。梅以疏為美，密則無態。固也。此文人畫士，心知其意，未可明詔大號，」

　　欹：傾斜不正，彎曲的。

　　有人說，梅彎曲的姿態是美麗的，筆直了就沒有風姿；枝幹傾斜是美麗的，端正了就沒有景致；枝葉稀疏是美麗的，茂密了就沒有姿態。固然如此，文人畫家在心裏明白，卻不便公開宣告。

　　此句寓意深刻，作者托物言志，表面是指責違背自然的審美觀點，實述己志，用隱晦的語言對封建統治者無情的揭露與批判，影射少數人獨裁專制以維持權威統治的惡俗，表達作者對黑暗現實、病態社會的憤懣不平。

22
習慣説

劉　蓉

　　劉蓉（公元 1816-1873 年），清代湖南省湘縣人，是桐城派古文學者，為人勤奮好學，著有《思辨錄疑義》、《養晦堂詩文集》等作品。

　　太平天國之亂時，追隨曾國藩抗擊太平軍，經舉薦任四川布政，後擒獲翼王石達開，獲功升至陝西巡撫。西捻軍張宗禹入陝西，劉蓉率軍堵擊，在灞橋十里坡遇伏，全軍萬餘人覆沒，最後劉蓉免官終養。

　　《習慣説》這篇文章選自《養晦堂詩文集》。文章説劉蓉少時讀書的屋內有個窪坑，踱步時常被絆一下。初時很彆扭，日子久了便習慣。父親來到看見，説：「一室之不治，何以天下國家為？」叫僕童將窪坑填平。劉蓉初時又不習慣了，感覺地面像隆起似的，如是這般又走了許多天才漸漸習慣起來。劉蓉由此體悟到習慣對人的影響非常厲害。

　　對於一個人來説，無論是培養好習慣，還是克服壞習慣，都應該從少年時期開始，因為這個時期是形成各種習慣的最初階段。培養好習慣容易，克服壞習慣也不難，而「學貴慎始」，君子求學的初始階段尤為重要。

蓉少時，讀書養晦堂之西偏一室；俛而讀，仰而思，思而弗得，輒起，繞室以旋。室有窪逕尺，浸淫日廣，每履之，足苦躓焉。既久而遂安之。

我（劉蓉）年少時，在養晦堂西側一間小室讀書，埋首苦讀，仰首思索，想不通便起來繞室而旋。

這室內有處直徑一尺大的窪坑，逐漸越來越大，每次經過，都要被絆一下。時間一長也就習慣了。

一日，父來室中，顧而笑曰：「一室之不治，何以天下國家為？」命童子取土平之。

一天，父親來到室中，看見那窪坑笑道：

你連一間小室都治理不好，試問如何治理天下國家的大事呢？

隨後吩咐僕童取土填平窪坑。

習慣說

後蓉履其地，蹴然以驚，如土忽隆起者；俯視地，坦然則既平矣！已而復然，又久而後安之。

噫！習之中人甚矣哉！足履平地，不與窪適也；及其久而窪者若平，至使久而即乎其故，則反窒焉而不寧，故君子之學貴慎始。

之後，我（劉蓉）又在此地踱步，走過原來的窪坑，心裏一驚，覺得地面忽然隆起一塊！

低首俯視，地面都是平平坦坦的。以後一段時間仍有這感覺，過了好些日子才習慣。

噫！習慣對人的影響實在很大！足履平地，雖然起初不會適應窪坑，但一段時間之後，窪坑仿如平地了！若將這良久以來的窪坑弄回原狀，反而造成窒礙而不適應。故君子之學，最重要是「慎始」。

「一室之不治，何以天下國家為？」

（連）一間房出現了問題都不處理，怎麼談得上治理國家？

儒家經典哲學思想主張「以小見大」、「見微知著」，如《荀子‧勸學》：「不積跬步，無以至千里；不積小流，無以成江海。」只有對身邊小事都細心認真處理，按部就班、循序漸進，才能成就大事。

作者此句實際是強調了中國的讀書人以修身、齊家、治國、平天下為立身處事的準則。

附：二十二篇古文經典

邁陂塘　　　　　　　　　元好問

乙丑歲赴試并州，道逢捕雁者云，今旦獲一雁，殺之矣。其脫網者悲鳴不能去，竟自投於地而死。予因買得之，葬之汾水之上，累石為識，號曰「雁丘」。時同行者多為賦詩，予亦有雁丘辭，舊所作無宮商，今改定之。

問世間，情是何物？直教生死相許。天南地北雙飛客，老翅幾回寒暑。歡樂趣，離別苦，就中更有癡兒女。君應有語，渺萬里層雲，千山暮雪，隻影向誰去？　　橫汾路，寂寞當年簫鼓，荒煙依舊平楚。招魂楚些何嗟及，山鬼暗啼風雨。天也妒，未信與，鶯兒燕子俱黃土。千秋萬古，為留待騷人，狂歌痛飲，來訪雁丘處。

沉醉東風 漁父詞　　　　　　　白樸

黃蘆岸白蘋渡口。綠楊堤紅蓼灘頭。雖無刎頸交，卻有忘機友。點秋江白鷺沙鷗。傲煞人間萬戶侯，不識字煙波釣叟。

四塊玉 閒適　　　　　　　關漢卿

(其一)

適意行，安心坐，渴時飲飢時餐醉時歌，困來時就向莎茵臥。日月長，天地闊，閒快活！

(其二)

舊酒投，新醅潑，老瓦盆邊笑呵呵，共山僧野叟閒吟和。他出一對雞，我出一個鵝，閒快活！

(其三)

意馬收，心猿鎖，跳出紅塵惡風波，槐陰午夢誰驚破？離了利名場，鑽入安樂窩，閒快活！

(其四)

南備耕，東山臥，世態人情經歷多，閒將往事思量過。賢的是他，愚的是我，爭甚麼！

天淨沙 秋思　　　　　　馬致遠

　　枯藤老樹昏鴉，小橋流水人家，古道西風瘦馬。夕陽西下，斷腸人在天涯！

山坡羊 潼關懷古　　　　　　張養浩

　　峰巒如聚，波濤如怒，山河表裏潼關路。望西都，意躊躇。傷心秦漢經行處，宮闕萬間都做了土。興，百姓苦；亡，百姓苦。

賣花聲 懷古　　　　　　張可久

　　阿房舞殿翻羅袖，金谷名園起玉樓，隋堤古柳纜龍舟。不堪回首，東風還又，野花開暮春時候。

　　美人自刎烏江岸，戰火曾燒赤壁山，將軍空老玉門關。傷心秦漢，生民塗炭，讀書人一聲長嘆。

水仙子 尋梅　　　　　　　　　喬吉

　　冬前冬後幾村莊，溪北溪南兩履霜。樹頭樹底孤山上。冷風來何處香？忽相逢縞袂綃裳。酒醒寒驚夢，笛淒春斷腸。淡月昏黃。

臨江仙　　　　　　　　　　楊慎

孔尚任
　　滾滾長江東逝水，浪花淘盡英雄。是非成敗轉頭空。青山依舊在，幾度夕陽紅。　　白髮漁樵江渚上，慣看秋月春風。一壺濁酒喜相逢。古今多少事，都付笑談中。

解珮令　　　　　　　　　　朱彝尊

　　十年磨劍，五陵結客，把平生、涕淚都飄盡。老去填詞，一半是、空中傳恨。幾曾圍、燕釵蟬鬢？　　不師秦七，不師黃九，倚新聲、玉田差近。落拓江湖，且分付、歌筵紅粉。料封侯、白頭無分！

餘韻（《桃花扇續四十齣【秣陵秋】》）　　　孔尚任

陳隋煙月恨茫茫，井帶胭脂土帶香。
駘蕩柳綿沾客鬢，叮嚀鶯舌惱人腸。
中興朝市繁華續，遺孽兒孫氣焰張。
只勸樓台追後主，不愁弓矢下殘唐。
蛾眉越女纔承選，燕子吳歈早擅場。
力士僉名搜笛步，龜年協律奉椒房。
西崑詞賦新溫李，烏巷冠裳舊謝王。
院院宮妝金翠鏡，朝朝楚夢雨雲牀。
五侯閫外空狼燧，二水洲邊自雀舫。
指馬誰攻秦相詐，入林都畏阮生狂。
春燈已錯從頭認，社黨重鉤無縫藏。
借手殺讎長樂老，脅肩媚貴半閒堂。
龍鍾閣部啼梅嶺，跋扈將軍譟武昌。
九曲河流晴喚渡，千尋江岸夜移防。
瓊花劫到雕欄損，玉樹歌終畫殿涼。
滄海迷家龍寂寞，風塵失伴鳳徬徨。
青衣啣璧何年返，碧血濺沙此地亡。

南內湯池仍蔓草，東陵輦路又斜陽。
全開鎖鑰淮揚泗，難整乾坤左史黃。
建帝飄零烈帝慘，英宗困頓武宗荒。
那知還有福王一，臨去秋波淚數行。

蝶戀花　　　　　　　　　納蘭性德

辛苦最憐天上月。一昔如環，昔昔都成玦。若似月輪終皎潔，不辭冰雪為卿熱。　　無那塵緣容易絕。燕子依然，軟踏簾鈎說。唱罷秋墳愁未歇，春叢認取雙棲蝶。

雜感　　　　　　　　　　黃仲則

仙佛茫茫兩未成，祇知獨夜不平鳴。
風蓬飄盡悲歌氣，泥絮沾來薄倖名。
十有九人堪白眼，百無一用是書生。
莫因詩卷愁成讖，春鳥秋蟲自作聲。

對酒　　　　　　　　　　　　　　秋瑾

不惜千金買寶刀，貂裘換酒也堪豪。

一腔熱血勤珍重，灑去猶能化碧濤。

送東陽馬生序　　　　　　　　　宋濂

　　余幼時即嗜學。家貧，無從致書以觀，每假借於藏書之家，手自筆錄，計日以還。天大寒，硯冰堅，手指不可屈伸，弗之怠。錄畢，走送之，不敢稍逾約。以是人多以書借余，余因得遍觀羣書。既加冠，益慕聖賢之道；又患無碩師名人與遊。嘗趨百里外，從鄉之先達執經叩問。先達德隆望尊，門人弟子填其室，未嘗稍降辭色。余立侍左右，援疑質理，俯身傾耳以請；或遇其叱咄，色愈恭，禮愈至，不敢出一言以復；俟其忻悦，則又請焉。故余雖愚，卒獲有所聞。

　　當余從師也，負篋曳屣，行深山巨谷，窮冬烈風，大雪深數尺，足膚皸裂而不知。至舍；四肢僵勁不能動，媵人持湯沃灌，以衾擁覆，久而乃和。寓逆旅主人，日再食，無鮮肥滋味之享。同舍生皆被綺繡，戴朱纓寶飾之帽，腰白玉之環，左佩刀，右備容臭，燁然若神人；余緼袍敝衣處其間，略無慕豔意。以中有足樂者，不知口體之奉不若人

也。蓋余之勤且艱若此。今雖耄老，未有所成，猶幸預君子之列，而承天子之寵光，綴公卿之後，日侍坐，備顧問，四海亦謬稱其氏名；況才之過於余者乎？

今諸生學於太學，縣官日有廩稍之供，父母歲有裘葛之遺，無凍餒之患矣；坐大廈之下而誦詩書，無奔走之勞矣；有司業、博士為之師，未有問而不告，求而不得者也；凡所宜有之書，皆集於此，不必若余之手錄，假諸人而後見也。其業有不精，德有不成者，非天質之卑，則必不若余之專耳，豈他人之過哉？

東陽馬生君則，在太學已二年，流輩甚稱其賢。余朝京師，生以鄉人子謁余，撰長書以為贄，辭甚暢達。與之論辯，言和而色怡。自謂少時用心於學甚勞，是可謂善學者矣。其將歸見其親也，余故道為學之難以告之。謂余勉鄉人以學者，余之志也；詆我本際遇之盛而驕鄉人者，豈知余者哉？

賣柑者言　　　　　　　　　　　　劉基

　　杭有賣果者，善藏柑，涉寒暑不潰；出之燁然，玉質而金色。置於市，賈十倍，人爭鬻之。予貿得其一，剖之如有煙撲口鼻，視其中，則乾若敗絮。

　　予怪而問之曰：「若所市於人者，將以實籩豆、奉祭祀、供賓客乎？將衒外以惑愚瞽乎？甚矣哉，為欺也！」

　　賣者笑曰：「吾業是有年矣。吾賴是以食吾軀。吾售之，人取之，未聞有言，而獨不足於子乎？世之為欺者，不寡矣，而獨我也乎？吾子未之思也。今夫佩虎符、坐皋比者，洸洸乎干城之具也，果能授孫吳之略耶？峨大冠、拖長紳者，昂昂乎廟堂之器也，果能建伊皋之業耶？盜起而不知禦，民困而不知救，吏奸而不知禁，法斁而不知理，坐糜廩粟而不知恥；觀其坐高堂，騎大馬，醉醇醴而飫肥鮮者，孰不巍巍乎可畏，赫赫乎可象也？又何往而不金玉其外，敗絮其中也哉！今子是之不察，而以察吾柑！」

　　予默然無以應。退而思其言，類東方生滑稽之流。豈其忿世嫉邪者耶？而託於柑以諷耶？

項脊軒志　　　　歸有光

　　項脊軒，舊南閣子也。室僅方丈，可容一人居。百年老屋，塵泥滲漉，雨澤下注，每移案，顧視無可置者。又北向，不能得日，日過午已昏。余稍為修葺，使不上漏；前闢四窗，垣牆周庭，以當南日；日影反照，室始洞然。又雜植蘭桂竹木於庭，舊時欄楯，亦遂增勝。借書滿架，偃仰嘯歌，冥然兀坐，萬籟有聲，而庭階寂寂；小鳥時來啄食，人至不去。三五之夜，明月半牆，桂影斑駁，風移影動，珊珊可愛。然予居於此，多可喜，亦多可悲。

　　先是，庭中通南北為一。迨諸父異爨，內外多置小門牆，往往而是。東犬西吠，客踰庖而宴，雞棲於廳。庭中始為籬，已為牆，凡再變矣。

　　家有老嫗，嘗居於此。嫗，先大母婢也，乳二世，先妣撫之甚厚。室西連於中閨，先妣嘗一至。嫗每謂余曰：「某所，而母立於茲。」嫗又曰：「汝姊在吾懷，呱呱而泣。娘以指叩門扉曰：『兒寒乎？欲食乎？』吾從板外相為應答——」語未畢，余泣，嫗亦泣。

　　余自束髮讀書軒中。一日大母過余，曰：「吾兒，久不見若影，何竟日默默在此，大類女郎也？」比去，以手闔門，自語曰：「吾家讀書久不效，兒之成則可待乎？」頃之，持一象笏至，曰：「此吾祖太常公宣德間執此以朝，他日汝當用之。」瞻顧遺跡，如在昨日，令人長號不自禁。

　　軒東故嘗為廚。人往，從軒前過；余扃牖而居，久之，能以足音辨人。軒凡四遭火，得不焚，殆有神護者。

　　項脊生曰：「蜀清守丹穴，利甲天下，其後秦皇帝築女懷清台。劉玄德與曹操爭天下，諸葛孔明起隴中。方二人之昧昧於一隅也，世何足以知之？余區區處敗屋中，方揚眉瞬目，謂有奇景。人知之者，其謂與坎井之蛙何異？」

　　余既為此志，後五年，吾妻來歸，時至軒中，從余問古事，或憑几學書。吾妻歸寧，述諸小妹語曰：「聞姊家有閣子，且何謂閣子也？」其後六年，吾妻死，室壞不修。其後二年，余久臥病無聊，乃使人復葺南閣子，其制稍異於前。然自後余多在外，不常居。庭有枇杷樹，吾妻死之年所手植也，今已亭亭如蓋矣。

滿井遊記　　　　　　　　袁宏道

　　燕地寒，花朝節後，餘寒猶厲。凍風時作，作則飛沙走礫。局促一室之內，欲出不得。每冒風馳行，未百步輒返。

　　廿二日，天稍和，偕數友出東直。至滿井，高柳夾堤，土膏微潤，一望空闊，若脫籠之鵠。於時冰皮始解，波色乍明，鱗浪層層，清徹見底，晶晶然如鏡之新開而冷光之乍出於匣也。山巒為晴雪所洗，娟然如拭，鮮妍明媚，如倩女之靧面而髻鬟之始掠也。柳條將舒未舒，柔梢披風，麥田淺鬣寸許。遊人雖未盛，泉而茗者，罍而歌者，紅裝而蹇者，亦時時有。風力雖尚勁，然徒步則汗出浹背。凡曝沙之鳥，呷浪之鱗，悠然自得，毛羽鱗鬣之間皆有喜氣。始知郊田之外，未始無春，而城居者未之知也。

　　夫能不以遊墮事，而瀟然於山石草木之間者，惟此官也。而此地適與余近，余之遊將自此始，惡能無紀？己亥之二月也。

廉恥　　　　　　　顧炎武

《五代史‧馮道傳》論曰：「禮義廉恥，國之四維；四維不張，國乃滅亡。善乎管生之能言也。禮義，治人之大法，廉恥，立人之大節。蓋不廉則無所不取，不恥則無所不為，人而如此，則禍敗亂亡亦無所不至。況為大臣，而無所不取，無所不為，則天下其有不亂，國家其有不亡者乎！」

然而四者之中，恥尤為要。故夫子之論士曰：「行己有恥。」孟子曰：「人不可以無恥，無恥之恥，無恥矣！」又曰：「恥之於人大矣！為機變之巧者，無所用恥焉！」所以然者，人之不廉，而至於悖禮犯義，其原皆生於無恥也。故士大夫之無恥，是謂國恥。

吾觀三代以下，世衰道微，棄禮義，捐廉恥，非一朝一夕之故。然而松柏後彫於歲寒，雞鳴不已於風雨，彼昏之日，固未嘗無獨醒之人也。頃讀《顏氏家訓》，有云：「齊朝一士夫，嘗謂吾曰：『我有一兒，年已十七，頗曉書疏，教其鮮卑語及彈琵琶，稍欲通解，以此伏事公卿，無不寵愛。』吾時俯而不答。異哉此人之教子也！若由此業自致卿相，亦不願汝曹為之！」嗟乎！之推不得已而仕於亂世，猶為此言，尚有《小宛》詩人之意，彼閹然媚於世者，能無媿哉！

左忠毅公軼事　　　　方苞

先君子嘗言：鄉先輩左忠毅公視學京畿。一日，風雪嚴寒，從數騎出，微行入古寺。廡下一生伏案臥，文方成草。公閱畢，即解貂覆生，為掩戶。叩之寺僧，則史公可法也。及試，吏呼名至史公，公瞿然注視，呈卷，即面署第一。召入，使拜夫人，曰：「吾諸兒碌碌，他日繼吾志事，惟此生耳！」

及左公下廠獄，史朝夕窺獄門外。逆閹防伺甚嚴，雖家僕不得近。久之，聞左公被炮烙，旦夕且死，持五十金，涕泣謀於禁卒，卒感焉。一日，使史更敝衣草屨，背筐，手長鑱，偽為除不潔者，引入，微指左公處。則席地倚牆而坐，面額焦爛不可辨，左膝以下，筋骨盡脫矣。

史前跪，抱公膝而嗚咽。公辨其聲，而目不可開，乃奮臂以指撥眥，目光如炬，怒曰：「庸奴！此何地也？而汝來前！國家之事，糜爛至此，老夫已矣，汝復輕身而昧大義，天下事誰可支拄者！不速去，無俟姦人構陷，吾今即撲殺汝！」因摸地上刑械，作投擊勢。史噤不敢發聲，趨而出。後常流涕述其事以語人曰：「吾師肺肝，皆鐵石所鑄造也。」

崇禎末，流賊張獻忠出沒蘄、黃、潛、桐間，史公以鳳廬道奉檄守禦。每有警，輒數月不就寢，使將士更休，而自坐幄幕外。擇健卒十人，令二人蹲踞而背倚之，漏鼓移則番代。每寒夜起立，振衣裳，甲上冰霜迸落，鏗然有聲。或勸以少休，公曰：「吾上恐負朝廷，下

恐愧吾師也。」

　　史公治兵，往來桐城，必躬造左公第，候太公、太母起居，拜夫人於堂上。

　　余宗老塗山，左公甥也，與先君子善，謂獄中語乃親得之於史公云。

為學　　　　　　　　　　彭端淑

　　天下事有難易乎？為之，則難者亦易矣；不為，則易者亦難矣。人之為學有難易乎？學之，則難者亦易矣；不學，則易者亦難矣。吾資之昏不逮人也，吾材之庸不逮人也，旦旦而學之，久而不怠焉，迄乎成，而亦不知其昏與庸也。吾資之聰倍人也，吾材之敏倍人也；摒棄而不用，其與昏與庸無以異也。聖人之道，卒於蜀之鄙有二僧：其一貧，其一富。貧者語於富者曰：「吾欲之南海，何如？」富者曰：「子何恃而往？」曰：「吾一瓶一鉢足矣。」富者曰：「吾數年來欲買舟而下，猶未能也。子何恃而往？」越明年，貧者自南海還，以告富者，富者有慚色。西蜀之去南海，不知幾千里也，僧之富者不能至，而貧者至之。人之立志，顧不如蜀鄙之僧哉？

　　是故聰與敏，可恃而不可恃也，自恃其聰與敏而不學者，自敗者也。昏與庸，可限而不可限也；不自限其昏與庸而力學不倦者，自力者也。

病梅館記　　　　　　　　龔自珍

　　江甯之龍蟠，蘇州之鄧尉，杭州之西谿，皆產梅。或曰：梅以曲為美，直則無姿。以欹為美，正則無景。梅以疏為美，密則無態。固也。此文人畫士，心知其意，未可明詔大號，以繩天下之梅也；又不可以使天下之民，斫直、刪密、鋤正，以夭梅、病梅為業以求錢也。梅之欹、之疏、之曲，又非蠢蠢求錢之民，能以其智力為也。有以文人畫士孤癖之隱，明告鬻梅者：斫其正，養其旁條；刪其密，夭其稚枝，鋤其直，遏其生氣，以求重價，而江、浙之梅皆病。文人畫士之禍之烈至此哉！

　　予購三百盆，皆病者，無一完者，既泣之三日，乃誓療之、縱之、順之，毀其盆，悉埋於地，解其棕縛，以五年為期，必復之全之。予本非文人畫士，甘受詬厲，闢病梅之館以貯之。烏乎！安得使予多暇日，又多閒田，以廣貯江甯、杭州、蘇州之病梅，窮予生之光陰以療梅也哉？

習慣說　　　　　　　　　劉蓉

蓉少時，讀書養晦堂之西偏一室；俛而讀，仰而思，思而弗得，輒起，繞室以旋。室有窪徑尺，浸淫日廣，每履之，足苦躓焉。既久而遂安之。

一日，父來室中，顧而笑曰：「一室之不治，何以天下國家為？」命童子取土平之。

後蓉履其地，蹴然以驚，如土忽隆起者；俯視地，坦然則既平矣！已而復然，又久而後安之。

噫！習之中人甚矣哉！足履平地，不與窪適也；及其久而窪者若平，至使久而即乎其故，則反窒焉而不寧，故君子之學貴慎始。